HERO2300

FUSION FANTASTIC STORY

영웅2300

말리브 장편 소설

영웅2300 5

말리브 장편 소설

초판 1쇄 찍은 날 § 2014년 10월 28일
초판 1쇄 펴낸 날 § 2014년 11월 4일

지은이 § 말리브
펴낸이 § 서경석

편집부장 § 권태완
편집책임 § 박은정

펴낸곳 § 도서출판 청어람
등록번호 § 제387-1999-000006호
등록일자 § 1999. 5. 31
어람번호 § 제1-1971호

주소 § 경기도 부천시 원미구 부일로 483번길 40 서경B/D 3F (우) 420-822
전화 § 032-656-4452 팩스 § 032-656-4453
http://www.chungeoram.com
E-mail § chungeorambook@daum.net

ⓒ 말리브, 2014

ISBN 979-11-316-9267-7 04810
ISBN 979-11-316-9111-3 (세트)

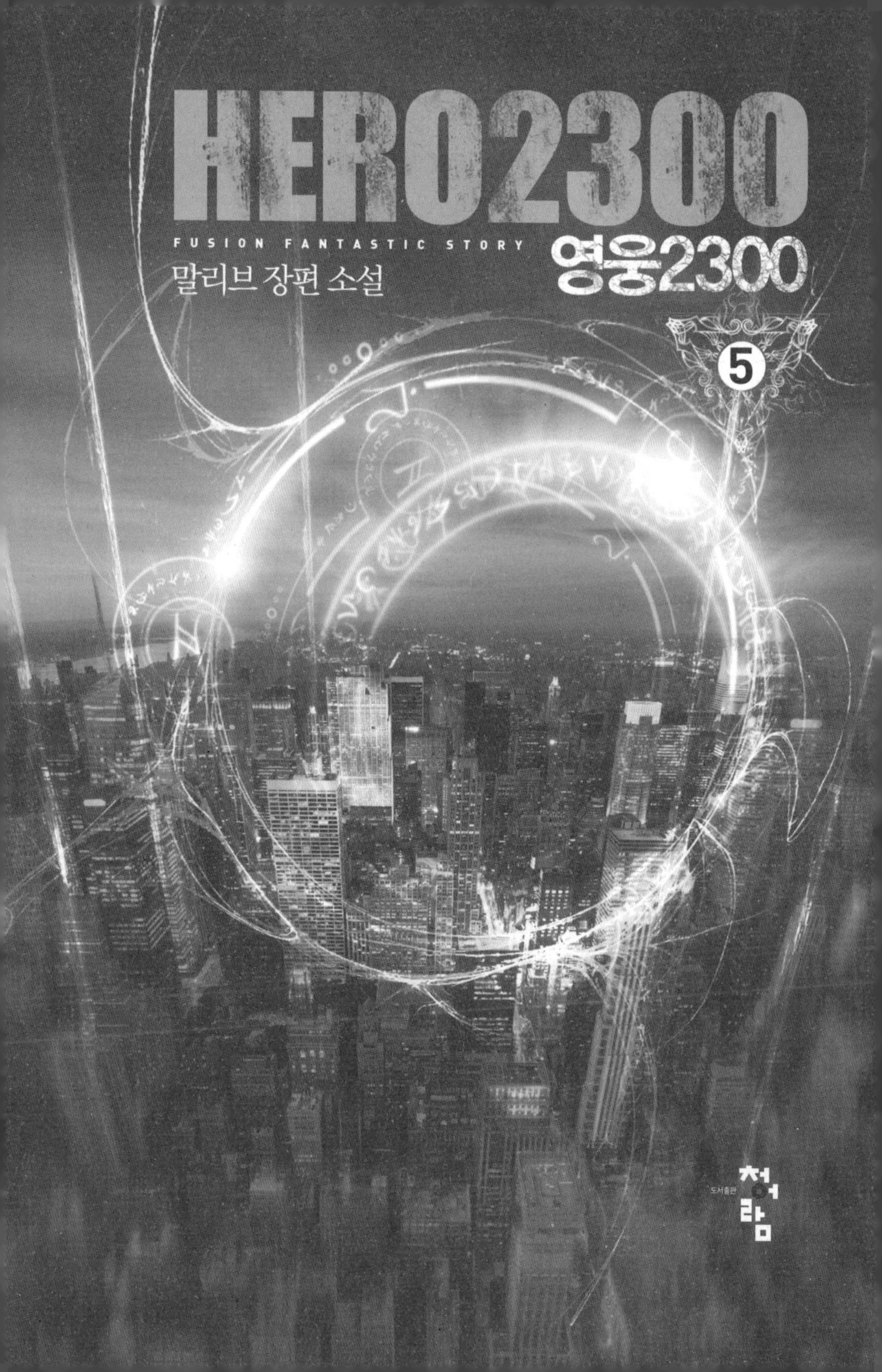
HERO2300
FUSION FANTASTIC STORY
영웅2300
말리브 장편 소설
5
도서출판 청어람

CONTENTS

1장

새로운 형태의 몬스터

오열은 즐거운 하루를 놓친 것이 분했다. 아만다와 점심을
먹고 오랜만에 쇼핑했다.

이런저런 이야기를 하며 아만다에게 옷과 신발 등의 선물
을 사주고 있는데 용의 기사단에 비상이 걸렸다.

오열은 침을 뱉고 허탈한 심정이 되어 눈앞의 몬스터를 바
라보고 있었다.

"이놈의 토끼 새끼 엄청나게 짜증나네."

"흐흐흐, 왜 동질감 느끼니?"

"뭐야, 이 새끼가."

"너 토끼 맞잖아."

"시발 새끼야, 네가 나 하는 것 봤어?"

"흐흐흐, 놀러 가면 네가 제일 먼저 나오잖아."

"그거야 내가 가장 강하고 굵게 해서 그렇지, 새꺄."

오열은 더 나이트 길드원이 토끼처럼 생긴 래빗트를 공격하며 농담을 주고받는 소리를 들었다.

지금 상황은 농담을 주고받을 만큼 만만치 않다. 작은 부주의가 가져올 엄청난 결과를 모르는 것은 아니지만 몇 시간 동안 사냥을 하다 보면 잡담을 안 할 수 없다. 너무 지겹기 때문이다.

그런데 이번 래빗트는 너무 빨랐다. 게다가 움직임마저 예측할 수 없게 제멋대로 움직였다. 동선이 급격하게 바뀌니 메탈사이퍼의 공격이 제대로 먹히지 않았고 설상가상으로 탱커의 어그로도 잘 먹히지 않았다.

오열은 래빗트를 보았다. 귀엽게 생긴 토끼 한 마리가 이리저리 팔딱거리며 뛰어다니면 메탈사이퍼들도 우르르 몰려갔다. 크고 귀여운 눈이 깜빡거리면 대기조에 속한 여자들은 귀엽다고 난리다.

여자들이 이렇게 이야기를 할 수 있는 이유도 있다. 이놈의 몬스터가 순해서 어지간한 공격을 받아도 도무지 공격을 하지 않았다. 깡충 뛰면 이미 메탈사이퍼의 공격권 밖이다.

"어머, 너무 귀엽게 생겼다."

"맞아, 맞아! 진짜 토끼보다 더 귀여운 것 같아."

오열은 아만다를 황급히 집으로 돌려보내고 강원도 철원까지 왔다. 섭섭해하는 아만다를 잘 설득하여 헐레벌떡 달려왔더니 토끼 한 마리가 이런 난장을 치고 있는 것이다. 어처구니가 없었다.

'저걸 왜 잡으라는 거야?'

오열은 공격도 하지 않는 몬스터를 잡기 위해 비상이 걸린 것이 이해가 되지 않았다.

─이오열 요원, 도착했으면 공격대에 합류하라.

"알았습니다."

오열은 느긋하게 공격조에 합류했다.

"아, 길드장님. 어서 오세요."

"수고가 많으시네요."

오열은 오랜만에 만난 길드원과 인사를 했다. 이렇게 몬스터에게 공격을 하면서 느긋하게 인사하기는 처음이다. 도심에 나타난 몬스터는 대부분 강하고 흉포했다.

조금만 방심해도 목숨이 왔다 갔다 하는데 오늘은 공격하는 메탈사이퍼의 표정이 대체로 여유로웠다. 마치 진짜 토끼 사냥을 하는 것 같았다.

"이 녀석은 뭔가요?"

"생긴 것과 달리 굉장히 강한 몬스터입니다. 하지만 어그로도 잘 먹히지 않고 공격적인 성향도 보이지 않습니다."

오열은 몬스터에게서 위화감을 느꼈다. 지금까지 나타난

몬스터는 모두 공격적 성향을 심하게 보였었다.

그리고 선공 몬스터가 아니더라도 메탈사이퍼가 공격을 하면 굉장히 공격적으로 변한다. 하지만 이 래빗트는 공격을 받아도 도망가기 바쁘다.

오열은 도망 다니는 토끼를 바라보며 이상한 생각이 들었다. 이전까지 나타난 몬스터는 외형이 귀엽게 생겼어도 몬스터 특유의 흉포함을 가졌는데 이 토끼만은 예외였다. 진짜 토끼를 보는 것 같았다. 생긴 것도 토끼와 너무 흡사했다.

'뭔가 있어. 몬스터는 우주에서 온 것이 아닐지도 몰라. 마치 방사선오염에 노출된 생명체가 괴물로 변하는 것과 비슷할지도 몰라.'

카오스에너지에 노출된 생명체가 몬스터가 된다? 하지만 이런 가정은 정확하지가 않다.

이번에 본 토끼의 경우는 카오스에너지에 피폭된 것으로 설명할 수 있지만 다른 몬스터들은 그렇지가 않았다.

특히나 던전 몬스터들은 생긴 모습과 전혀 다른 행동들을 보인다. 외형이 파충류라도 행동하는 것은 포유류에 가까운 경우가 많았다.

오열은 피곤해졌다. 허겁지겁 합류하느라 정신이 다소 없었다. 그리고 저렇게 얌전한 몬스터를 굳이 잡을 필요가 있을까 싶을 정도로 토끼는 얌전했다.

그때였다. 그동안 도망 다니던 토끼가 메탈사이퍼의 공격에 조금씩 예민한 반응을 보이기 시작했다.

"뭐야?"

"이제 안 도망가는데."

래빗트는 메탈사이퍼들의 공격에 화가 났는지 더 이상 도망가지 않고 큰 눈을 깜빡이며 메탈사이퍼들을 노려보고 있었다. 그러자 신 나게 공격하던 메탈사이퍼들의 공격도 잠시 주춤해졌다.

"뭔가 일어날 것 같은데……."

민충식의 말이 끝나자마자 토끼 몬스터의 몸집이 부풀기 시작했다. 밀가루에 효모를 넣으면 두세 배로 부풀어 오른다. 딱 그 모습이었다.

"어라?"

"헉!"

"엄마야!"

모두 외형이 바뀐 토끼의 모습에 기겁을 했다. 래빗트의 몸이 2배로 커졌고 가지런하던 털도 송곳처럼 바짝 일어났다.

오열이 가방에서 아다티움건을 꺼내려고 고개를 돌렸을 때 사방에서 비명이 터져 나왔다.

"악!"

"크아악~"

메탈사이퍼들이 바람에 날리는 민들레홀씨처럼 허공으로 날아가고 있었다.

"컥!"

오열은 극심한 통증에 허리가 저절로 돌아갔다. 그리고 그 상태로 다섯 걸음이나 정신없이 뒤로 물러나서야 중심이 잡혔다.

오열은 자신의 눈을 믿을 수 없었다. 래빗의 주위에 있던 메탈사이퍼들이 모두 보이지 않았다.

"뭐야?"

오열은 고개를 들었다. 그리고 무서운 속도로 날아오는 토끼의 앞발에 기겁을 하고 옆으로 몸을 날렸다.

—퍽!

토끼의 앞발이 스쳐 지나간 자리에는 땅이 길게 파였다. 지진이라도 난 것처럼 파인 자리가 흉측하다.

래빗의 눈은 피처럼 붉게 변했고 앞 발톱은 창처럼 길어졌다. 원래 흰색 토끼의 눈은 붉다. 이유는 색소결핍증 때문이다.

하지만 몬스터 래빗의 눈은 붉어도 느낌이 달랐다. 붉은색의 눈에 분노와 광기 같은 것이 보였다.

버서크에 걸린 몬스터의 모습이었다. 마치 사자나 치타와 같은 육식동물 특유의 모습이 래빗에게서 나타났다.

오열은 이해할 수 없었다. 도망만 다니던 토끼가 포식자로 돌변해 버린 것이다.

무엇 때문에 이렇게 갑자기 몬스터가 변했는지 알 수 없었다. 분노 때문일까? 아니면 스트레스? 얌전하고 내성적인 성격의 사람도 주체하지 못할 스트레스를 받게 되면 전혀 다른 성격으로 돌변하는 경우가 간혹 있다.

"씨발! 전혀 다른 몬스터로 돌변한 것 같네."

민충식이 바닥에서 일어나면서 중얼거렸다. 오열은 허리에서 느꼈던 통증은 이미 없어졌다.

래빗트는 다른 곳으로 사라졌다. 오열은 주위를 둘러보았다. 쓰러진 사람 중에서 일어나지 못하는 이가 적지 않았다.

단 한 번의 공격에 메탈사이퍼들은 반격할 수 없을 정도로 만신창이가 되었다.

힐러의 힐이 소나기처럼 메탈사이퍼에게 쏟아졌다. 힐을 받은 딜러가 천천히 정신을 차리기 시작했다.

일어났지만 몸을 제대로 주체하지 못한 사람이 대부분이었다.

─3조는 퇴각한다. 3조 퇴각하라! 4조 작전 시작하라!

작전본부마저 갑자기 일어난 사건에 정신을 차릴 수 없었다. 전략 상황실의 장일성 소장은 어이가 없었다.

그 어떤 몬스터보다 이번 몬스터는 쉬운 케이스라고 판단한 지 한 시간도 안 되어 그 생각이 180도로 바뀌었다.

빠르고 날카롭고, 적정 이상의 데미지나 화가 나면 돌변하여 엄청난 데미지를 메탈사이퍼에게 준다.

—4조는 몬스터가 도시 중심으로 가지 못하게 유도하라. 딜러들의 공격은 잠시 중지한다. 박진만 제1탱커와 부탱커 위주로 방어 진형을 만들도록!

"어떻게 할까요?"

김동혁 소령이 물어도 오치열 대령은 마땅한 전략이 생각나지 않았다.

불과 10분 만에 3조에 속한 용의 기사단 50여 명의 대원이 반격불가에 해당될 정도로 큰 타격을 받았다.

한 가지 다행한 것은 몬스터가 쓰러진 메탈사이퍼에게 관심을 보이지 않았다는 점이다. 다른 여타의 몬스터는 인간을 먹기도 했다.

몬스터는 인간을 잡아먹지 않아도 생존에 영향이 없다. 하지만 인간의 피와 살은 몬스터에게는 초콜릿처럼 달콤하고 맛있는 음식이었다.

"현 상태를 그대로 유지하라고 해. 그리고 3조의 상황 파악하고."

"네."

김동혁 소령이 잠시 후에 침통한 목소리로 보고를 했다.

"사망 3명, 부상이 20명이라고 합니다."

"뭣?"

오치열은 김동혁의 말을 믿을 수가 없었다. 불과 10분 만에 벌어진 일이라고는 상상이 가지 않았다.

"뭐지?"

"새로운 형태의 몬스터인 것 같습니다. 버서크에 걸린 몬스터는 공격력이 증가하고 폭발적인 움직임을 보입니다. 하지만 이 경우는……."

김동혁이 말을 더 하지 못하는 이유는 전례가 없었기 때문이다.

래빗트는 다시 얌전해졌다. 모니터에는 래빗트가 깡충거리며 천천히 돌아다니고 있었다.

오열은 한쪽으로 물러나 쉬었다. 장준식 부길마가 다가와 침통한 얼굴로 사망자가 생겼음을 보고했다.

"길드장님, 3명 사망에 20명이 부상을 입었습니다. 그중 11명은 중상입니다."

"하아~"

오열이 입을 벌려 기가 찬 표정을 지었다. 쉽게 이해가 되지 않았다. 그도 가방에서 아다티움건을 꺼내다 당해 얼떨떨하였다.

혹시나 해서 아머의 HP를 보았더니 55,000이나 없어졌다. 기존의 아머를 착용한 메탈사이퍼라면 엄청난 데미지를 받았을 것이다.

"저거 왜 저런지 알겠습니까?"

"글쎄요. 알 수가 없군요. 다만 이대로는 위험하다는 사실입니다."

오열은 장준식의 말에 고개를 끄덕였다. 지난 몇 달 동안 길드 사냥에 거의 참석하지 못했다.

한 달 반 동안은 뉴비드 행성에서 땅을 팠고 나머지 한 달가량도 수련을 하느라 참석하지 못한 것이다.

"마취제는 없습니까?"

"있기야 있죠. 하지만 저놈은 특이해서."

"지켜보실 생각인가요?"

"좀 지켜보려고 생각했는데 그냥 죽여야겠네요. 이렇게 시간을 무턱대고 보내기도 그렇고요."

몬스터가 이리저리 깡충거리며 돌아다니고 있었다. 특별한 행동을 보이지 않았다.

오열은 자리에서 일어났다. 그동안 몬스터 사냥에서 적지 않은 사망자가 나왔지만 더 나이트 길드에서 사망자가 나온 것은 처음이다.

'몬스터의 행동은 전적으로 본능에 의해 지배를 받는다. 이것은 겉으로 보이는 것이 다가 아니라는 뜻이야!'

얌전한 고양이 부뚜막에 먼저 올라간다는 말이 있듯 얌전해 보였던 토끼에게 당한 것이다.

만약 처음부터 공격적인 몬스터였다면 이렇게 큰 피해를

입지 않았을 것이다. 몬스터와 싸워야 하는 메탈사이퍼에게 작은 방심의 대가는 목숨이다.

오열은 아다티움건을 가방에서 꺼내 탄창을 확인했다. 4개의 탄알이 장착이 되어 있었다. 이 중 2개의 총알을 사용하지 않아도 잡을 수 있을 것이다. 오열은 그렇게 생각했다.

총알을 장전하고 흘깃 길드원을 바라보았다. 오늘 사냥은 더 이상 하지 못할 것으로 보였다.

충격과 공포가 길드원을 사로잡은 것이다. 20명이나 되는 부상자가 있으니 본부도 더 이상 전투에 투입시키지 않을 것이다.

오열은 자리를 이동했다. 가능한 한 방으로 끝내기 위해 가장 적절한 자리를 선정했다.

어차피 몬스터는 얌전히 이리저리 뛰어다닐 뿐이었고 메탈사이퍼들은 도심으로 몬스터가 진입하지 못하도록 막기만 했다.

위잉.

아다티움건이 예열하기 시작했다.

환한 빛이 폭발했다. 래빗트의 귀가 갑자기 위로 쫑긋해지더니 섬광 같은 총알을 아주 쉽게 피해냈다.

"헉!"

오열은 깜짝 놀랐다. 몬스터의 뒤에서 총을 쏜 것이라 피할 수 있을 것이라고 전혀 예상하지 못했었다. 그런데 총알을 피해냈다. 깡충 한번 뛰어올라 총알을 피해낸 것이다.

오열은 다시 총을 쏘았다. 두 번째라 예열하는 시간이 적게 들었음에도 불구하고 이번에도 토끼는 아주 쉽게 총알을 피해냈다.

'젠장!'

오열은 번개처럼 달려드는 몬스터를 향해 에너지소드를 꺼냈다. 메탈에너지를 집어넣자 붉은 검기의 띠가 회초리처럼 몬스터를 향해 날아갔다.

깡!

"크아아앙."

래빗이 고통스럽게 울부짖으며 뒤로 물러났다.

오열은 난감했다. 왼손에 아다티움건을 들고 오른손에는 에너지소드를 들었다. 8m에 이르는 에너지막 때문에 몬스터를 상대하는 것은 쉬웠지만 너무 빨라 맞출 수가 없었다.

아다티움건은 예열하는 데 시간이 걸리고 에너지소드로 상대하기에는 몬스터가 너무 빨랐다. 가장 큰 문제는 몬스터가 위험을 감지하는 능력이 너무 뛰어나다는 것이었다.

오열은 나직하게 한숨을 내쉬었다. 4조도 뒤로 물러난 상태였고 몬스터는 자신만 바라보고 있었다. 몬스터의 몸이 작은 것도 오열이 불리했다.

이제까지 도심에 나타난 몬스터는 최소 8m 이상은 되었는데 이것은 4m가 될까 말까 했다.

토끼처럼 귀엽게 생겼으나 한없이 위협적인 놈이다. 강철처럼 곤두선 털, 붉은 눈, 고양이처럼 날렵한 행동으로 인해 오열은 어떻게 몬스터를 상대해야 할지 전혀 생각이 나지 않았다.

특히나 이 래빗트의 위기 감지 능력은 그 어떤 몬스터보다도 탁월했다. 그래서 아직까지 마취제를 제대로 사용하지 못하고 있었다.

토끼는 아다티움건이 예열하는 그 짧은 순간마저 인식하니 애초부터 상대가 안 되었다.

영리하고 교활한 몬스터지만 래빗트는 오열이 휘두르는 에너지소드의 붉은 검기다발 때문에 가까이 다가오지 못하였다.

그러나 대치가 계속될수록 지치는 것은 오열이었다. 조금씩 몸에서 에너지가 빠져나가는 것을 느끼고 있지만 그렇다고 불안하지는 않았다.

그에게는 아직 비장의 한 수가 남아 있어 언제든지 탈출할 수 있기 때문이다.

'젠장, 왜 딜러들을 철수시킨 거야?'

오열은 속으로 욕을 했다. 아무리 사상자가 많이 났다고 해도 자신에게 모두 떠넘기는 행위는 확실히 문제가 있었다.

앞에서 딜러들이 얼쩡거려야 조금이라도 그가 쉴 수 있는 시간이 생기는데 지금은 몬스터와 거의 일대일 대치상태다.

'다음에는 절대 이런 호구 짓은 하지 않는다. 빌어먹을 새끼들!'

오열은 이를 악물었다. 그렇지 않아도 정부가 하는 짓이 마음에 들지 않았었다. 국민을 보호해야 할 정부는 개인의 약점을 잡아서 강제로 징병을 했다.

물론 몬스터가 난동을 부릴 때에만 강제로 징집되는 한시적 성격이었다. 이는 다른 메탈사이퍼에게도 해당되는 사항이다.

이철 국왕의 왕령으로, 모든 메탈사이퍼는 몬스터가 난동을 부릴 때에 강제소집에 반드시 응해야 한다.

하지만 일반적인 메탈사이퍼의 강제소집은 인근에 몬스터가 나타났을 경우에만 해당된다.

반면 '용의 기사단'에 소속된 메탈사이퍼는 몬스터가 언제, 어디서 나타나든지 항상 강제적으로 소집된다. 게다가 분기마다 모여 따로 훈련도 받고 있다.

오치열 대령은 골치가 아팠다. 메탈사이퍼가 래빗트 옆에만 있어도 줄줄이 부상이니 근접 딜러를 배치하는 것은 쉽지 않았다.

래빗트의 데미지가 너무나 강하고 동작이 빨라 힐러의 힐이 따라가지 못했다.

몬스터의 어그로가 잡히지 않으니 속수무책이었다. 탱커에게 몬스터의 공격이 집중되어야 힐러의 힐이 효율적으로 들어간다.

어그로가 잡히지 않으면 힐러의 힐이 제때에 들어가지 못하게 되고, 그 결과는 메탈사이퍼의 부상이나 사망이다.

'더 나이트 길드'의 사상자가 20명이나 발생하자 지휘부도 쉽사리 근접 딜러를 투입시키지 못하고 있었다. 하지만 언제까지 오열 혼자 래빗트를 상대하게 할 수는 없었다.

오치열 대령은 서둘러 대책을 구상했다.

"김 소위, 이오열 요원이 앞으로 얼마나 더 버틸 것 같나?"

"아마도 앞으로 얼마 못 버틸 것입니다."

"그러니 방법을 찾으라고. 빨리!"

오치열 대령은 김동혁 소령에게 다급한 목소리로 소리를 질렀다. 몬스터에게 탱커의 어그로가 전혀 먹히지 않는 경우는 이번이 처음이었다.

다행히도 오열이 나서서 몬스터를 상대해 주고 있지만, 그것도 언제까지 버틸 수 있을지 전혀 예측이 안 되었다.

"하지만 그게 쉽지 않습니다. 몬스터가 교활하여 근접 딜러가 붙으면 딜러 사이로 숨습니다. 그리고 장난 삼아 발을 휘두르면 치명적인 데미지가 터져 나옵니다. 메탈사이퍼가 착용한 지금의 장비로는 제대로 한 대만 맞아도 사망하게 됩니다."

"알아, 알아. 젠장, 빌어먹을! 어디서 저런 놈이 나온 거야?"

오치열 대령은 결정을 내릴 수 없었다. 이미 상당수의 메탈사이퍼가 죽은 것이 마음에 걸리긴 했지만 그것 때문에 망설이고 있는 것은 아니었다.

더 많은 시민의 목숨을 구하기 위해서라면 메탈사이퍼의 희생을 강요할 수밖에 없다.

문제는 몬스터가 너무 빠르게 움직여 메탈사이퍼가 그 움직임을 잡지 못한다는 것이다.

가장 큰 문제는 역시나 탱커의 어그로가 잡히지 않는다는 것. 게다가 몬스터가 얼마나 예민한지 조금의 위기가 다가오면 재빠르게 알아차려서 대처를 하니 문제였다.

한마디로 대책이 없었다. 지금으로서는 근접 딜러를 투입한다고 해도 어떤 결과를 기대할 수 있는 상황이 아니었다.

사정이 이러하니 무작정 메탈사이퍼를 투입하는 것은 좋은 방법이 아니었다.

"이오열 요원, 지금의 몬스터는 어그로가 전혀 잡히지 않는 새로운 종이다. 지금 상태로 근접 딜러를 투입하면 결과가 너무 좋지 않다. 조금 더 몬스터를 끌고 가주기 바란다."

─젠장, 빌어먹을! 나도 이제 한계에 도달했단 말이야. 어떻게든 해봐. 이 씨발 놈아!

오열은 화가 나서 아무렇게나 욕을 하며 소리를 질렀다.

오치열은 욕을 듣고 어깨를 조금 움츠리고 헛기침을 했다. 오열 혼자서 몬스터를 상대하고 있는 것이 이미 한 시간이나 넘어가고 있었다. 그러니 욕을 먹었어도 할 말이 없었다.

아직까지는 어떤 나라도 몬스터에 대한 연구가 너무 부족한 상태라 뚜렷한 대책이 없었다.

몬스터를 상대하는 전술적인 방법은 체계적으로 수립되었지만 개별 몬스터의 성향을 파악하는 능력은 상당히 떨어졌다. 몬스터를 상대해 봐야 파악이 되니 말이다.

던전에 있는 몬스터야 이미 어느 정도 파악이 되었지만 도심에서 난동을 부리는 몬스터는 이제까지 단 한 번도 비슷한 성향을 가진 몬스터가 없었다.

게다가 첫 번째보다는 두 번째에 나타난 몬스터가 더 강했다. 그리고 세 번째 몬스터는 더 강했다. 이런 식으로 몬스터가 끊임없이 강해지니 전략 상황실도 대책이 없었다.

지금은 그나마 몬스터가 나타났을 때에 조기에 발견하여 도심으로 진입하기 전에 처리하는 방법이 시행되는 것만 해도 천만다행이었다.

거의 대부분의 몬스터는 군이 가지고 있는 재래식 무기에 완벽한 저항 능력을 가지고 있어 전혀 타격을 줄 수가 없다. 오직 메탈사이퍼의 에너지소드만이 몬스터의 생체에너지를 뚫을 수 있다.

하지만 지금은 유일한 그 방법마저 통하지 않고 있다. 인간이 몬스터에게 이렇게 무기력한 모습을 보이기는 이번이 처음이었다.

다른 때에는 물론 지금보다 더 많은 사상자를 낸 적도 있었지만 지금처럼 속수무책은 아니었다.

몬스터의 어그로가 잡히지 않았을 때조차 이렇지 않았다. 왜냐하면 그때는 이렇게 몬스터의 공격력이 강하지 않았었다.

"젠장, 빌어먹을!"

오치열은 소리를 버럭 지르고 자리에서 벌떡 일어났다. 화가 머리끝까지 났지만 어떻게 할 방법이 없었다. 몬스터가 진화하는 속도를 인간이 따라 잡지 못하고 있었다.

"어, 저게 뭐야?"

"헉!"

"와우!"

전략 상황실에서 비명과 소란이 터져 나왔다. 오치열도 놀라기는 마찬가지였다. 모니터에서 오열이 하늘로 두둥실 떠올라 사라졌기 때문이다.

"뭐야?"

오치열은 그제야 뉴비드 행성에서는 메탈사이퍼에게 비행 능력이 있다는 것을 기억해 냈다. 우주함선에 있는 능력자의 수가 적으니 최고의 장비를 갖추는 것은 당연했다.

게다가 장비를 만드는 재료도 그곳에 나온다. 개량된 메탈아머 역시 뉴비드 행성에서 보내온 광물로 만들어지고 있지 않은가!

오치열은 급하게 소리를 질렀다.

"다른 대원들은 어디에 있나?"

"2㎞ 밖에 떨어져 있습니다."

"그래? 휴우……."

몬스터가 도심으로 들어온다면 다시 막아야겠지만 지금으로서는 시간을 끌 수 있으면 다행이었다. 그사이 무엇인가 대책을 마련해야 했다.

오치열은 한숨을 푹 쉬었다.

오열은 점점 힘이 빠지는 것을 느끼고 이렇게 무한정 대치해서는 안 된다는 것을 깨달았다. 몬스터가 너무 영악했다.

"네오23 파워 온!"

오열이 소리를 지르자마자 등에서 날개가 돋아나기 시작했다. 몸이 저절로 허공으로 두둥실 떠올랐다.

래빗트는 오열의 등에서 갑자기 날개가 돋아나자 깜짝 놀랐다. 그리고 하늘로 올라가는 오열을 향해 덤벼들었다.

오열은 웃었다. 그동안 철저하게 대치만 하고 있었다. 싸움을 하려고 해도 래빗트는 응하지를 않았다.

그런데 위기감을 느꼈는지 이번에는 먼저 덤벼들었다. 하지만 이 네오23 부스터는 몬스터의 바람대로 그렇게 엉터리가 아니다.

푸앙.

이미 부스터가 가동되었기에 오열은 하늘 높이 떠올랐다. 아무리 래빗트가 도약력이 좋아도 다다를 수 없는 까마득한 높이로 날아오른 뒤에 오열은 뒤도 돌아보지 않고 그대로 도망갔다. 더 이상 버틸 힘이 없었던 것이다.

오열은 30㎞나 떨어진 야산에 와서 쉬었다.

잠시 쉬고 나서 마나심법을 하면서 고갈된 메탈에너지를 회복했다. 그는 래빗트가 도심으로 뛰어들어 몇 명의 사람이 죽든 관심이 없었다.

혼자 한 시간 이상을 막았으니 자신의 임무는 다한 것이나 마찬가지였다. 특히나 자신이 속한 '더 나이트 길드'에서 사상자가 20명이나 나오지 않았는가.

"휴우~"

오열은 마나심법을 마무리하고 일어나 한숨을 내쉬었다. 가느다란 바람이 그의 뺨을 부드럽게 쓰다듬었다.

도망 왔지만 끝을 보고 싶은 마음도 있었다. 게다가 아직 갚지 못한 빚이 1,200억이나 있었다.

은행이자라고 해봐야 더 나이트 길드에서 들어오는 돈으로 충분히 막을 수 있다. 하지만 문제는 오늘 길드원이 20명이나 다치거나 죽었으니 길드가 한동안 어려워질 것은 틀림없었다.

"미치겠군."

오열은 피할 수 없는 의무감과 호기심, 그리고 호승심이 묘하게 결합이 된 상태라 몬스터의 끝을 자신의 눈으로 확인하고 싶었다.

그는 가방에서 비어 있는 총알을 꺼냈다. 아무것도 들어 있지 않은 탄알을 보며 희죽 웃었다.

진짜 총알은 아낀다. 속이는 것이다. 몬스터가 놀라는 것은 아다티움건이 예열하면서 내뿜는 에너지다.

그 강력한 에너지의 미묘한 파동을 느끼다니! 놀라웠다. 그러니 이제는 몬스터가 그 에너지가 사실은 아무것도 아니라고 느끼게 만들어야 잡을 수 있다.

'젠장, 비싼 총알인데.'

아깝지만 어쩔 도리가 없다. 이렇게 비싼 총알에 연금술로 축적된 지식을 넣지 않는 것이 말할 수 없이 아까웠지만 어쩔 도리가 없다.

몬스터에게서 채취한 것들은 쉽게 얻을 수 있는 것이 아니었다. 특히나 거대한 몬스터를 꼼짝 못하게 만드는 마취제야말로 수많은 몬스터와 약초가 결합된 산물이다.

오열이 다시 돌아갔을 때에는 래빗트가 혼자 날뛰고 있었다. 메탈사이퍼들은 그냥 도심으로 가지 못하게 막는 정도, 사실 그것도 아니고 몬스터의 관심을 도시로 향하지 못하게 하는 정도에 지나지 않았다.

마치 너무나 많은 개미나 모기 때문에 짜증이 나서 다른 데에는 관심을 가지지 못하게 만드는 것과 같았다.

오열은 하늘 위에서 아다티움건을 꺼내 래빗트를 향해 겨냥했다. 날뛰던 래빗트가 우뚝 멈춰 오열을 바라본다.

하지만 하늘에 떠 있는 오열을 어떻게 할 수는 없었다. 오열은 메탈에너지를 조절하느라 힘들었지만 하늘에 떠 있는 것은 에어부스터의 기능 덕분이다.

핑!

총알이 날아갔다. 날뛰던 래빗트가 기민하게 총알을 피했다. 5m에 이르는 몬스터가 총알을 피할 수 있다는 것이 신기할 정도로 엄청나게 빨랐다.

오열은 다시 총알을 쏘았다.

핑!

이번에는 이미 달구어진 총이라 이전보다 더 빨리 발사되었다. 오열이 총을 쏘면 래빗트가 껑충껑충 뛰며 총알을 피했다.

8번째에 총알을 맞은 래빗트가 신음을 흘렸지만 생각보다 통증이 적은지 이전보다 피하는 속도가 눈에 띄게 느려졌다.

그 모습을 보고 오열은 미소를 지었다.

아다티움으로 만들어진 총알이 생체에너지를 뚫었지만 무지막지한 몬스터의 회복력을 생각한다면 큰 데미지가 아니었던 것이다.

이후로 오열은 몇 번 더 총알을 쏘았다. 몬스터가 몇 발 맞았다.

'이제 되었군!'

오열은 회심의 미소를 지었다. 그리고 전략 상황실에 무전을 했다.

"근거리 딜러를 투입하여 주십시오. 이번에는 끝낼 수 있습니다."

―알았다. 제4조를 투입하겠다.

오치열은 모니터를 통해 오열이 하는 것을 지켜보았다. 처음에는 왜 총알을 낭비하는지 이상했었다.

그렇게 많은 총을 쏘았는데 몬스터는 조금 주춤했을 뿐 전혀 데미지를 받지 않았던 것이다.

하지만 몬스터의 행동을 보고는 오열이 하고자 하는 의도를 곧 깨달았다.

수십 발의 총을 쏘았는데 그 모든 총알에 연금술로 만든 마취제가 들어 있을 리가 없었다.

거대 몬스터를 마취시키기 위해서는 어마어마한 양의 마취제가 필요로 한다.

연금술의 압착과 증폭으로 만들어진 마취제가 아니고서는 몬스터를 마비시킬 수 없었다.

오열은 허공에 떠서 몰려드는 메탈사이퍼를 보았다. 래빗트는 화가 나서 날뛰었다. 메탈사이퍼들은 몬스터가 발광하는 것을 보며 피하기 급급했다.

2명의 메탈사이퍼가 래빗트의 발길질에 맞아 후방으로 이송되었다.

오열은 천천히 래빗트를 향해 총을 쏘았다. 이번 총알은 마취제가 담긴 총알이었다. 총알이 날아가 래빗트의 엉덩이에 박혔다.

캬웅.

래빗트가 고개를 갸웃거리며 기우뚱거렸다. 몸이 움직이지 않는 것이다. 몸에 박힌 총알에서 흘러나온 강력한 마취제가 몬스터의 근육을 마비시켰다.

"뭐지?"

"몬스터가 안 움직이네."

"헉! 공격해 볼까?"

메탈사이퍼들이 조심스럽게 래빗트에게 접근하기 시작했다. 오열도 에너지소드를 들고 빠르게 몬스터에게 접근했다. 마지막은 자신이 직접 마무리할 생각이었다.

꿈틀.

토끼의 귀가 꿈틀거렸다. 그러자 눈이 핏빛처럼 붉어지기 시작했다.

오열은 래빗트의 목을 단숨에 자를 생각으로 에너지소드에 메탈에너지를 집어넣었다. 그러자 붉은 검기 다발이 뻗어나오기 시작했다.

크아앙.

갑자기 몬스터가 고개를 들고 입을 벌렸다. 거대한 이빨이 날카롭게 빛이 났다.

'젠장, 뭐야?'

오열은 거대한 입이 덮쳐오자 더욱 에너지소드에 힘을 주었다.

붉은 검기가 더 강하게 커졌다. 피할 시간이 없었고 피할 마음도 들지 않았다.

최후의 일격을 자신의 손으로 찌르고 싶어졌던 것이다.

'믿자. 아다티움 아머의 성능을!'

오열은 회피하지 않고 거대한 입을 향해 나아갔다.

퍽!

충격이 온몸을 강타했다. 이빨이 그의 몸을 덮쳤다. 정신이 몽롱해질 정도로 충격이 컸다.

하지만 오열은 에너지소드에서 메탈에너지를 빼지 않았다. 오히려 에너지소드에 메탈에너지를 몽땅 집어넣자 에너지소드가 이전보다 더 밝게 빛이 났다.

그러자 래빗의 입천장이 검기 다발에 가늘게 잘리기 시작하면서 두개골이 반으로 잘려 나갔다.

오열은 눈을 떴다. 그의 몸은 여전히 허공에 떠 있었다.

'성공했구나.'

오열은 쓰러진 래빗을 보고는 안도의 한숨을 내쉬었다.

몸에 통증이 사라진 것을 보고는 슬쩍 아머의 HP 잔존량을 보았다.

459,000HP가 날아가 있었다. 무지막지한 공격이었다. 어쨌든 이긴 것은 자신이다.

오열은 힘이 들었지만 재빨리 땅으로 내려 앉아 몬스터에게 다가갔다.

2장

아만다의 병

오열은 허리가 시큰거리고 몸도 무거웠지만 아직 해야 할
일이 남았다. 지금은 수금을 해야 하는 시간이었다.

'젠장, 다행히 이놈은 크기가 작아 작업하기에는 좋군.'

살아 있을 때에는 거대하게 보였던 토끼가 죽자 그게 모두
돈으로 보였다.

오열은 심장에서 마정석을 채취하고 가죽을 벗겨냈다.

'어, 이게 뭐지?

마정석을 제거했지만 그 뒤로 또 하나의 녹색 작은 결정체
가 보였다. 오열은 잠시 빛이 나는 그 결정체를 보다가 꺼내
지 않고 뼈와 살 사이에 숨겨 그대로 가방에 집어넣었다.

무엇인지 알 수 없었지만 밝고 환한 빛이 나는 것을 보니 나쁜 것이 아니라는 것을 직감적으로 알 수 있었다.

게다가 몬스터가 죽으면 연금술사에게는 모두 좋은 재료가 된다. 그러니 망설일 필요가 전혀 없는 것이다.

이렇게 숨기는 이유는 혼자 먹기 위해서다. 그리고 마정석이 아니니 굳이 PMC에 밝힐 필요성조차 느끼지 못하였다.

양심의 가책 따위는 하나도 들지 않았다. 어차피 토끼는 혼자 잡았는데 나눠먹는 것 자체가 억울할 뿐이다.

몬스터를 잡으면 마정석을 제외하고는 모두 오열의 몫이다. 그게 PMC와 맺은 계약이다.

그러니 마정석을 PMC의 직원에게 넘겨주고는 나머지를 몽땅 챙겼다. 다행히 몬스터의 뼈다귀가 크지 않아 작업은 빠르게 끝났다.

"이번에도 길드장님이 잡으셨군요."

장준식 부길드마스터가 다가와 오열에게 말을 걸었다. 그는 오늘 무척이나 놀랐었다.

먼저 20명이나 되는 길드원이 부상을 입거나 죽었다는 것. 그리고 오열이 보여준 하늘을 나는 부스터는 놀라움 그 자체였다.

하늘을 날다니.

그런 것은 그냥 만화책에서만 나오는 줄 알았다. 물리 역학적으로 에어부스터는 거의 불가능에 가까웠다.

그런데 오열이 이런 비행이 가능한 부스터를 가졌다는 것이 암시하는 의미는 상당했다.

그가 생각보다 더 중요한 사람이라는 것. 그것은 그가 몬스터를 상대하는 장비와 무기만 봐도 알 수 있었다.

게다가 연금술사로 보이지만 가진 무력은 그 어떠한 메탈 사이퍼보다 더 강했다. 그는 오열이 비밀을 가진 사람이라고 생각했다.

"길드원은 어떻습니까?"

"3명의 길드원이 죽고 20명이 다쳤습니다. 안타까운 일이지요. 하지만 그것은 우리 몬스터 사냥꾼의 숙명입니다. 언제, 어떻게 죽을지 알 수 없다는 것. 다만 우리들의 최후가 몬스터의 먹이만 되지 않기를 바랄 뿐이죠."

"그렇군요."

장준식은 길드원의 사후 처리를 위해 다시 돌아갔다. 오열도 그를 따라 걸었다. 목적지가 가까워질수록 발걸음이 무거워졌다.

자신이 길드마스터라 하더라도 거의 참석을 하지 않았지만 그래도 명색이 길드마스터라 다치거나 죽은 자들을 모른 체할 수 없었다.

오늘 사냥에서 사망자가 3명이나 나왔고 부상자가 20명이다. 그래서인지 길드원의 분위기는 암울했다. 서로 눈인사를 하거나 형식적으로 하는 짧은 인사를 하고 오열은 그곳에서 나왔다.

죽은 자들은 오열보다 길드원이 더 많은 시간을 같이 보내며 사냥을 했다. 그는 그들이 자신이 느끼는 감정과는 당연히 다를 것이라 생각했다.

하지만 언제, 어떠한 방법으로 죽게 될지 모르는 것이 몬스터 사냥꾼의 숙명이다.

죽음을 어깨에 이고 사는 사람들. 그 덕분에 남들보다 부유하고 윤택한 삶을 살 수 있지만 위험한 직업을 가진 자들의 말로였다.

오열이 길드에서 할 수 있는 일은 별로 없었다. 오늘 발생한 사상자가 '더 나이트'의 길드원이긴 했지만 국가에서 불렀고 공무를 수행하다가 죽은 것이다. 당연히 뒤처리는 국가의 몫이다.

"어떻게 할까요?"

오열은 장준식의 말을 듣고 생각했다. 오열이 나오자 뒤따라 나온 그를 잠시 바라보았다.

비록 국가가 요구한 일을 하다 죽거나 다쳤어도 길드가 나 몰라라 할 수는 없다. 아마도 장준식이 묻는 것은 이런 이유 때문일 것이다.

"길드에서 돈이 있으면 충분히 성의 표시를 해주세요. 부족하면 제 개인 돈도 낼 수 있습니다."

"알겠습니다."

장준식은 안도의 한숨을 내쉬었다. 그는 길드마스터지만 길드에 관심이 없었다. 그렇다고 함부로 무시할 수 있는 사람은 아니었다. 그런 그가 허락을 했으니 마음이 한결 가벼웠다.

이번 사상자에게 길드가 성의를 표시하는 것은 죽은 자나 부상당한 사람을 위한 것만은 아니었다. 오히려 남아 있는 사람을 위한 것이기도 했다.

그들은 길드의 행동을 보고 '아, 나도 다치면 길드가 나서서 보호를 해주겠구나!' 하고 인식할 것이다. 이런 사소한 것에서부터 길드에 대한 충성심이 생기는 것이다.

사소한 것이 정말 중요할 때가 있다. 특히 다치거나 죽은 사람이 자신과 가까운 사람이라면 더욱 예민해지는 법이다. 그래서 현명한 자들은 잔칫집보다 초상집을 간다.

잔칫집에서 얻을 수 있는 지혜는 별로 없고, 또 참석하지 않는다 하더라도 섭섭한 감정은 상대적으로 적다.

반면 가까운 이의 초상에 조문을 하지 않는 일은 그 사람과의 절교를 선언하는 것이나 마찬가지다. 그만큼 가까운 이의 죽음으로 인해 받는 정서적, 정신적인 충격이 크기 때문이다.

오열은 아직도 바닥에 굴러다니는 쪼개진 토끼 머리를 가방에 집어넣으며, 문득 존재하는 것은 다 이유가 있다는 생각을 했다. 그렇다면 몬스터가 존재하는 이유는 무엇일까 하고 생각했다.

그것을 알 수 있다면 몬스터의 약점을 찾기가 더 쉬워질 것이라는 막연한 생각이 들었다.

모든 존재는 목적을 향해 움직이는 습성이 있다. 인간의 섹스는 종족번식을 향해 움직인다.

쾌락이라는 것은 종족번식의 부산물에 지나지 않는다. 열정, 탐닉, 쾌락, 사랑 이 모든 것도 생물학적으로는 자신과 닮은 유전자를 남기려는 행위이다.

그렇다면 몬스터가 움직이게 만드는 것은?

몬스터가 움직이는 이유가 있을 것이다. 그게 무엇일까?

오열은 한동안 서서 저물어 가는 하늘을 바라보았다. 푸른 하늘이 붉은색으로 물들다가 이윽고 서쪽 하늘에서 몰려온 검은 구름에 잡아먹혀 버렸다.

이제는 집으로 돌아가야 할 때. 그의 집에는 사랑하는 여자가 그를 기다고 있다.

여기서 이렇게 몬스터를 처지하고 정부의 강요에도 굴종하는 이유는 생물학적으로 존재하기 위해서다. 그리고 사랑하는 사람을 지키기 위해서.

오열은 오늘 유난히 피곤함을 느껴 걷기도 힘들었기에 PMC가 제공한 스카이윙을 타고 집으로 돌아왔다. 대문을 열고 정원에 들어오니 따뜻하고 다정한 감정이 그를 사로잡았다.

혼자였던 그가 이제 사랑하는 사람과 함께함으로 오는 충족감은 생각보다 컸다. 이전에는 크고 서늘한 집에 혼자 있을 때에는 외로움이 시도 때도 없이 찾아오곤 했었다. 그런데 지금은 아니었다.

사랑하는 사람이 있다 하더라도 인간이 가진 본질적 외로움이 줄어드는 것은 아니다.

인간이란 원래 다수 안에서도 외로움을 느낄 수 있는 존재이니까. 외로움을 느끼는 것 자체는 문제가 되지 않는다.

하지만 인생은 어차피 혼자라는 생각을 해도 둘이 있는 공간에는 알 수 없는 따뜻함이 존재한다.

긴장을 풀고 앞으로 나아갈 수 있게 하는 삶의 여유, 근원을 향해 나아가게 하는 그 무엇이 사랑하는 사람 사이에 있다. 가정이란 그런 것이다.

오열이 현관문을 열자 소파에 잠들어 있는 아만다의 모습이 눈에 들어왔다. 그 모습을 보고 오열은 빙그레 웃었다. 아마도 자신을 기다리다가 잠이 들었을 것이다.

그런 생각을 하자 깨어 환한 미소로 자신을 맞지 않았다고 해서 섭섭하지 않았다.

편견 없이 가만히 생각해 보면 사람의 마음이 보인다. 자신을 기다리는 그 마음, 그리고 애정이 보인다.

오열은 아만다에게 다가가 살며시 입가에 키스를 했다. 말랑한 입술이 주는 부드러운 느낌에 오열은 행복했다.

자신을 사랑해서 이곳으로 온 여자. 이 여자를 위해 자신은 무엇을 해줄 수 있을까 생각하니 해줄 것이 별로 없었다. 오직 온 마음을 다해 사랑할 뿐이었다.

오열이 아만다를 안고 침대로 가자 아만다가 눈을 살며시 뜨며 미소를 지었다.

"언제 왔어요?"

"지금!"

"와아! 좋아라."

아만다가 어린아이처럼 좋아했다. 그 밝음, 기쁨이 그대로 느껴져 오열은 그녀를 따라 말없이 웃었다.

"오늘은 어땠어요?"

"무지 힘들었어. 생긴 것은 토끼인데 겁나 강했지. 처음으로 우리 길드에서 사망자가 3명이나 나왔어."

"정, 정말요? 조심해요, 당신!"

"응."

오열은 피곤함 때문에 밖에서 일어난 일을 말하고 싶지 않았지만 자신에 대한 관심 때문이라는 것을 아니 아무리 피곤해도 짧게 이야기하곤 했다.

잠에서 깨어 재잘거리는 아만다를 보며 오열은 한숨을 내쉬었다. 그녀가 하는 사소한 이야기를 한 귀로 듣고 한 귀로 내보냈지만 왜 그런 말을 하느냐고 묻지는 않았다.

그녀는 자신이 아니면 이야기할 사람이 없기 때문이다. 입이 달렸으니 그녀도 이야기하고 싶어 하는 것은 너무나 당연한 일이었다.

오열은 피곤하여 침대에 눕자마자 그대로 잠들어 버렸다. 그리고 아침 일찍 나른한 몸을 일으키며 하품을 했다.

정원에서 새들이 아침부터 노래를 했다. 그 소리가 시끄럽기도 했지만 한편으로는 상쾌하기도 했다.

"오늘 결과가 나오는 날이죠?"

"응."

"결과가 좋아야 할 텐데."

"잘 나올 거야. 걱정하지 마."

오열은 불안해하는 아만다의 손을 잡고 웃었다. 그러자 아만다의 얼굴이 다소 밝아졌다.

하지만 그녀의 불안감을 다 꺾지는 못했다. 그녀는 자신의 몸 상태를 어렴풋하게 알고 있었다.

요즘에는 이전보다 더 쉽게 피곤함을 느끼고 힘이 떨어지는 것이 몸이 정상이 아니라는 것을. 병원으로 가는 내내 불안했지만 아만다는 오열의 손을 잡고 마음을 다잡았다.

아만다는 불안한 눈빛으로 담당 의사를 바라보았다. 의사의 표정이 좋지 않았다.

"이거, 어떻게 말씀드려야 할지… 검사 결과가 나왔기는 한데 문제가 좀 있습니다."

"…네?"

오열이 걱정되어 갈라진 음성으로 힘겹게 되물었다.

"이런 일은 처음인데 아만다 샤프란 님의 유전자에 문제가 있습니다. 그래서 더 정밀한 검진을 빠른 시간 안에 해봐야 합니다. 일단 검사 결과는 좋지 않습니다. 운동과 식단을 조절하실 필요가 있습니다. 그리고 특히 스트레스는 금물입니다."

"아, 네……."

오열은 힘없이 대답했다. 예상하지 못한 말이었다. 한국어를 어느 정도 마스터한 아만다도 의사의 말을 듣고 얼굴이 금방 어두워졌다.

염려하던 것이 마침내 다가왔다. 행복은 불행을 동반하고 온다고 하던가. 행복에 겨워하지 않으려고 노력했는데 이제는 소용이 없어졌다.

오열은 현대의학이 고도로 발달했기에 의사의 말을 듣고도 크게 걱정하지는 않았다. 과거 불치병이라고 하던 암, 당뇨와 같은 것은 이미 가벼운 병이 되어버린 세상이다.

오히려 그의 마음을 불안하게 만드는 것은 유전자에 문제가 있다는 말이었다.

병이라면 문제가 없지만 유전자에 문제가 있다면 이는 현대의학으로도 어떻게 할 수 없는 것이다.

담당 의사와의 상담이 끝나고 아만다를 밖으로 내보내고 오열은 다시 돌아와 의사에게 물었다.

"유전자가 어떻게 다르던가요?"

"알 수 없습니다. 저희가 애초에 검사한 것은 기본적인 건강검진이었는데 한 항목에서 유전자에 이상이 있다는 징후를 발견했을 뿐입니다. 아시다시피 보호자의 동의가 있어야 다른 검사도 할 수 있는지라……."

오열은 고개를 끄덕였다.

아만다가 진료를 받고 검사를 한 것은 그녀가 요즘 유난히 피곤해하고 몸이 말라가기 때문이었다. 그래서 어떤 병이 있을까 하고 건강검진을 한 것이다.

"유전자 검사를 더 할까요?"

의사가 다시 물었다. 이미 채혈을 한 상태라 허락만 떨어지면 유전자 검사도 다시 할 수 있다.

"생각 좀 해보겠습니다."

"3달이 지나면 채혈을 다시 해야 합니다."

"알겠습니다."

오열이 고개를 끄덕였다. 유전자 검사에 부정적인 것은 그녀가 지구인이 아니기 때문이다. 일단 PMC에 의뢰를 해볼 생각이다.

아만다가 지구에 도착하여 이틀 동안 검사를 받았다. 그 기록이 PMC에 모두 남아 있으니 오히려 그곳을 통해 무엇을 해도 해야 했다.

오열이 밖으로 나오니 대기실에 앉아 있는 아만다가 보였다. 대기실에 있는 사람들 모두 그녀를 바라보고 있었다.

남자든 여자든, 신기한 눈빛으로 그녀를 보고 있는데 아만다는 오만한 표정으로 태연하게 앉아 있었다.

아만다는 예전보다 많이 말랐지만 요즘 젊은 여자들에 비하면 그다지 마르지도 않았으니 그녀의 아름다운 외모에 모두 정신이 나간 것이다.

하지만 금발의 아름다운 외모에도 불구하고 예전에 풍만했던 몸은 더 이상 찾아볼 수 없었다.

"이제 갈까?"

"네."

아만다가 일어나자 다시 수십 개의 눈동자가 따라왔다. 뉴비드 행성에서부터 이런 눈길을 많이 받아온 아만다는 아무렇지도 않게 오열에게 팔짱을 끼고 걸었다.

"걱정하지 마. 난 연금술사야! 알지?"

"응, 내가 아프면 당신이 다 고쳐줄 거잖아."

"그래, 맞아!"

오열이 주먹을 쥐고 대답했다. 연금술사가 의사는 아니지만 생명의 근원을 탐구하는 데에는 오히려 더 뛰어나다.

'뭔가 PMC는 알고 있겠지.'

오열은 병원을 나오며 눈부시게 푸른 하늘을 바라보았다. 바람이 불면서 꽃향기가 날렸다.

병원의 화단에는 알 수 없는 꽃들과 나무들이 여름을 향해 달려가고 있었다.

오열은 연금술사의 꿈, 그 궁극의 꿈인 '현자의 돌'을 생각했다. 브로도스가 마지막으로 자신의 품에 안겨주었던 그 비전이 담긴 책.

현자의 돌을 만드는 법을 상술한 책을 아무렇게나 창고에 방치했었는데 오늘부터 읽어야 할지도 모른다는 생각을 하며 다시 하늘을 바라보았다.

"달링, 나는 이제 어떻게 될까요?"

"당신과 나는, 아마도 행복하게 살겠지."

"정말 그러면 좋겠어요."

"그렇게 될 거야. 걱정하지 마."

아만다는 오늘처럼 부드럽게 서로 안고 사랑을 나누는 것이 좋았다. 사랑을 나눌 때만큼은 완전하게 하나가 되는 느낌이었다.

부드럽게 움직이는 오열로 인해 아만다는 자신의 아랫배에서 꽃이 피는 것을 느꼈다. 그것은 환희고 쾌락이고 축복이었다. 더없이 가득한 신의 은총이었다.

그런데 왜인지 알 수 없었다. 그녀가 단 한 번도 오열과 사랑을 나누는 것이 싫을 때가 없었던 것이. 아주 피곤할 때조차 그다지 싫지는 않았다.

그녀는 이 행복을 더 오랫동안 누리기 위해 스스로를 조심해 왔다. 사랑하는 사람과 이렇게 살 수 있다는 것이 얼마나 큰 축복인지 그녀는 너무나 잘 알고 있다.

이야기책에 나온 비련의 주인공들을 보며 자신의 사랑은 그렇게 되지 않을 것이라고 얼마나 다짐을 했었던가.

인생은 축제가 아니다. 인생에 축제를 할 수 있는 날이 많지 않다는 것은, 비록 짧은 인생살이에서도 분명히 알 수 있었다.

그런데 자신은 축제와 같은 삶을 살고 있다. 비록 화려하지는 않지만 그와 함께 있으면 축제하는 것만큼 행복했기 때문이다.

매일같이 하던 섹스였다. 하지만 오늘은 삼 일 만에 처음으로 살을 섞으며 오열의 냄새를 맡았다. 금방 강한 남성의 채취에 정신이 몽롱해졌다.

자꾸만 빨라지는 사랑의 행위 때문에 그나마 남아 있던 이성이 자꾸만 도망가려고 하고 있었다.

그녀는 어쩔 수 없이 신음과 비명을 질렀다. 그것은 그녀의 저 밑 숨겨진 본능에서 움트는 소리였다. 그러기에 막으려고, 입을 다물어도 저절로 튀어나와 버려 도저히 막을 수가 없었다.

"좋아요. 이렇게, 이렇게 죽고 싶어요. 당신과 하다가."

"더 죽여줄게. 녹초가 되게 말이야."

아만다는 오열의 원색적인 말에 깔깔 웃다가 다시 비명을

질렀다. 달뜬 소리. 쾌락에 들뜬 소리가 넓고 큰 집에 가득하
게 되었을 때 오열이 움직임을 멈추었다.

아만다는 오열의 가슴에 몸을 바짝 붙이며 거친 숨을 내쉬
었다. 행복했다. 이대로 죽고 싶을 정도로 좋았다. 아만다는
오열의 가슴에 입맞춤을 했다.

오늘 오열에게서 나는 땀 내음이 그 어떤 향기로운 향수보
다 향기로웠다.

"아주아주 좋았어요!"

"나도!"

오열의 말에 아만다가 배시시 웃었다. 그녀의 웃음이 박꽃
처럼 맑고 환하게 피어났다. 마침 창가에 비친 달이 휘영청
밝았다.

오열은 잠든 아만다를 바라보았다. 아만다에게는 별거 아
니라고 했지만 의사가 한 말이 계속 마음에 걸렸다. 다른 것
도 아니고 유전자에 문제가 생겼다면 그것은 매우 심각한 일
이었다.

능력자로 각성을 하고 나서 행복했던 일은 아만다를 만난
일 외에는 별로 없었다. 돈 좀 벌어볼까 하면 사건이 터지고,
허접한 연금술사에서 벗어나고자 그 긴 시간을 땅이나 파고
정부가 시키는 일을 했다.

도심에 나타나는 몬스터는 자신이 혼자 거의 다 잡았지만
배당은 반밖에 받지 못한다. 그것도 이제 어떻게 조정이 될지

모르는 일이다.

한편으로 생각해 보면 정부의 처사를 이해하지 못하는 것은 아니다. 수백 명이 동원된 레이드에서 몬스터 부산물을 한 사람에게만 배분한다면 공평하지 않다.

하지만 정작 그들이 몬스터를 잡는 데 얼마나 기여했는가를 따져보면 거의 없었다.

그런데 다시 분배를 조정한다면 할 맛이 나지 않을 것이다. 장비를 다 갖추게 되면 배분은 다시 예전으로 되돌아갈 것이다. 그리고 이제는, 겨우 먹고살 만해졌는데 아만다가 아프다고 한다.

오열은 눈을 감으며 앞으로 벌어질 일들에 대해 생각했다. 어제 몬스터가 날뛰는데 아무도 잡지를 못했다. 자신이 나서서 어찌어찌해서 겨우 잡았다.

몬스터가 진화하는 속도는 정말 놀라울 정도다. 그런데 몬스터가 강해지면서 오열은 자신의 가치를 이전과 다르게 인식하기 시작했다.

자신 외에는 아무도 몬스터를 잡을 수 없다. 그것이 현실이었다. 연금술사 외에는 아무도 몬스터를 잡을 수 없다. 지금은 말이다. 이제는 누가 갑인지 따져야 할 때이다.

하루 쉬고 다음 날 오열은 아만다를 데리고 PMC에 갔다. 가지 않으려고 하는 아만다를 살살 달래서. 뉴비드 행성에서 이곳 지구로 오자마자 받은 끔찍한 검사에 좋지 않은 기억 때문에 그녀는 PMC에 가는 것을 싫어했다. 하지만 지금은 반드시 가야 했다.

PMC에 도착하여 잠시 이야기를 하고 서류를 작성한 후에 아만다는 검사실로 들어갔다. 오열은 사무실에 남아 검사실의 차동환 실장과 이야기를 했다.

"혹시 지구로 포탈한 후유증인가요?"

"그렇지는 않습니다. 확정적으로 말씀을 드리기는 애매하지만 아닌 것으로 봐야 합니다."

"그 이유는… 요?"

"그 행성에서 온 12명 모두 지금까지 아무 이상이 없습니다. 그 사람들도 이곳에 오자마자 동일한 검사를 받았습니다. 그런데 아만다 샤프란 님은 처음부터 문제가 있었죠."

"……?"

"사실 오늘날 의료 기술의 발달로 1시간이면 검사 결과를 알 수 있습니다. 아만다 샤프란 님이 이틀 동안이나 이곳에 머물면서 검사를 받은 이유는 다른 행성인에 비해 다른 결과가 나왔기 때문입니다."

"예를 들면요?"

"염색체에 이상 징후가 나타났었습니다. 아시다시피 인간에게도 염색체의 이상은 여러 질병으로 나타나고 있습니다. 예를 들면 안젤만 증후군(Angelman syndrome)은 정신장애와

언어장애를 가져오지요. 5번째 염색체가 잘못되었을 경우죠. 디죠지 증후군(DiGeorge syndrome)의 경우는 심장이상과 정신이상, 면역결핍의 문제를 동반합니다. 22번째 염색체에 이상이 있는 경우죠."

"그럼 아만다가 염색체에 이상이 있었다는 말입니까?"

"네, 그렇습니다."

"아니, 그러면 왜 말씀을 하지 않으셨습니까?"

오열이 화를 내며 말을 하자 차동환 실장이 그를 똑바로 바라보며 말했다.

"그때 제가 조금 더 검사를 했으면 좋겠다는 말씀을 드렸지만 받아들여지지 않았습니다. 그때 이오열 님이 오셔서 왜 아만다 샤프란 님을 내주지 않으냐고 행패를 부린 것으로 알고 있습니다. 그리고 PMC는 병원이 아닙니다. 제 임무는 이곳에 포탈되어 온 사람들의 건강 상태를 체크하는 것입니다. 물론 아만다 샤프란 님의 유전자 검사를 하긴 했습니다. 하지만 그것은 그냥 연구 목적이었지 치료 목적은 전혀 아닙니다. 게다가 그녀는 지구인이 아니라서 염색체에 이상이 생길 때 어떤 결과가 나올 것인지 저희로서는 알 수가 없습니다."

"그러면 그녀는 어떻게 됩니까?"

"연구를 해봐야겠지요. 대부분은 선천적으로 염색체에 이상을 가지고 태어나죠. 아마도 아만다 샤프란 님 역시 그럴 것입니다. 선천적으로 염색체에 이상이 있었는데 병의 징후가 늦게 나타난 것이죠. 이런 경우는……."

"그런 경우에는……?"

"아마도 2세가 문제될 수 있습니다."

"아! 그럼 아만다는?"

"조심하면 별일은 없을 것입니다. 검사 결과를 봐야 알겠지만 가능한 뉴비드 행성과 비슷한 환경을 조성하고 스트레스를 절대 받지 않아야 합니다."

"알겠습니다."

차동환 실장은 말을 하면서도 양심이 걸렸다. 뉴비드 행성 사람들의 염색체 분석이 제대로 되어 있지 않기에 무엇 하나 확신을 가지고 말할 수 있는 상황이 아니었다.

또 염색체를 분석한다고 하더라도 쉽게 해결할 수도 있는 것도 아니었다. 인간의 몸은 생각보다 정교하고 예민하다.

그쪽 행성에서 온 사람들의 질병을 치료할 수준까지의 연구는 결코 진행되지 않을 것이다. 자신의 임무는 이곳으로 포탈한 사람들의 건강을 살피고 기록하는 것에 불과했다.

그는 눈앞의 오열을 바라보며 사실 좀 난감했다. 위에서 내려온 지시로 만났다. 뚜렷하게 뭐라고 말한 것은 아니지만 적어도 자신에게 그런 지시가 올 정도면 눈앞의 남자는 평범한 사람은 아니라는 말이었다.

그가 누구인지 알아보려면 못 알아볼 것도 아니지만 연구실에서 하루 종일 있는 그에게는 쓸데없는 짓이었다.

불과 한 시간 만에 결과가 나왔다. 아만다가 이곳에 도착했을 때와 달라진 것은 없다고 한다.

"그럼 왜 그렇죠?"

"나도 모르죠."

오열은 무성의한 대답을 하는 차동환 실장을 보며 화가 났지만 그가 조그맣게 말하는 것을 듣고 서는 체념을 했다.

"전 의사가 아니라니까요."

'그렇지.'

그는 연구원일 뿐 의사는 아니다. 그러니 어떠한 처방도 할 수 없는 처지다. 올 때와 달라진 것 하나 없었지만 오열은 안도했다.

돌아오는 길에 아만다가 불안한 표정으로 물었다.

"나 어떻데요?"

"이상이 없데."

"정말요?"

"응."

"히힛, 정말 다행이다."

안도하는 아만다를 보며 오열은 집으로 차를 몰았다. 도로는 차가 점점 많아지면서 속도가 떨어지더니 일부 구간에서는 막히기 시작했다.

"그럼 우리 아기 가져도 되는 거죠?"

"아기?"

"응. 당연히 가져야죠. 우리 아기."

"그, 그렇겠지."

"아, 좋다."

오열은 아기라는 말을 듣고 미소를 지었다. 잊고 있었던 단어였다.

아기. 아만다는 유독 아기를 가지고 싶어 했었다는 것이 생각났다. 그런데 정말 가질 수 있을까? 뉴비드 행성의 사람과 유전자가 다를 텐데 말이다.

오열은 집에서 늦은 점심을 먹고 아만다와 이야기를 한 시간 동안 했다. 그리고 연금술 실험실로 내려왔다.

어제는 쉬느라고 래빗트의 부산물을 가지고 실험을 하지 못했었다. 분류만 해놓고 쌓아놓았었다.

비커에 담긴 녹색의 수정체가 밝은 빛을 내면서 오열의 눈을 사로잡았다. 분명 마정석은 아니었다. 그렇다면 대체 뭐란 말인가?

"자, 이제부터 일해볼까?"

오열은 기계를 꺼내 껍질부터 성분을 분석하기 시작했다. 대부분 특이한 것은 없었다. 그래서 그것들을 모두 생명력을 뽑아 따로 보관하였다.

'흠, 그럼 이것 때문에 그놈의 토끼가 그렇게 무지막지해진 것이군.'

오열은 녹색의 결정체를 보며 생각했다. 이번에 나타난 토끼는 그 이전에 나타난 몬스터보다 훨씬 강하고 날렵하였다. 그리고 무엇보다 어그로가 잡히지 않는 특이한 놈이었고. 만약 어그로가 잡혔다면 래빗트를 잡는 것은 그렇게 어렵지 않았을 것이다.

"이놈도 변종인가?"

황금색 마정석을 분명히 PMC의 담당자에게 줬다. 그러니 이 녹색의 결정체는 또 다른 것이다.

오열은 비커에서 녹색의 결정체를 꺼내 기계에 집어넣었다. 기계가 위잉 하고 돌아간다. 무려 10분이나 돌아가면서 성분을 분석하기 시작했다.

'뭐지?'

마정석의 성분 분석은 1─2분이면 끝난다. 그런데 10분이나 걸린다는 것은 이 녹색의 보석에 담긴 성분이 다양하다는 것이다.

옥타곤 214g.

타발리드 22g.

헥사건 2g.

녹트롬 3g.

이상이 마정석에 나오지 않은 성분들이다. 오열은 처음 보는 성분에 고개를 갸웃거렸다.

'이것들은 뭐지?'

나머지는 다른 여타의 마정석 성분과 같았다. 그렇다면 이 녹색의 돌은 마정석과 비슷한 기능을 하는 것일 것이다.

"하아, 이거 산 너머 산이군."

오열은 망연하게 녹색의 돌을 바라보았다.

그때 전화가 '지이이잉' 하고 울렸다.

"여보세요?"

[잘 지냈는가? 나 장일성일세.]

"어쩐 일이세요?"

[급히 좀 만나세.]

"오늘은 제가 좀 피곤해서요. 다음에 뵙죠."

[이번에 나타난 래빗트에 대해서 이야기를 하세.]

"래빗트요?"

장일성 소장은 래빗트에 대해 이야기하면서 하루 빨리 메탈사이퍼의 장비가 개선되어야 한다고 말했다.

그가 장장 1시간 동안 떠든 내용을 정리하면 오열에게 하루 빨리 메탈드워프와 함께 장비를 만들어달라는 이야기였다. '네트'를 사용하면 서로 다른 기능을 중화시킬 수 있으니 어려운 일이 아니었다.

"흠, 이제부터 돈 좀 벌어볼까?"

네트야 던전에서 몬스터를 잡으면 비록 소량이기는 하지만 끊임없이 나오니 재료 걱정은 없었다. 그리고 몇 달 동안 모아놓은 몬스터 가죽이 창고에 가득하였다.

"흐흐흐."

오열은 이제부터 편하게 돈을 벌 생각을 하자 저절로 웃음이 나왔다.

"어떤 책에도 나왔지. 있는 자는 더 있게 된다고. 그게 자본주의의 원칙이지. 선순환이 이루어지면 무서울 정도로 돈이 벌리고 악순환이 되면 그 반대가 되지. 자, 그럼 이제부터 나도 돈벼락 좀 맞아볼까?"

오열은 PMC와 스케줄을 조절하며 메탈드워프와 새롭게 장비를 만드는 일에 합류하기로 했다.

"그러니까, 얼마라고요?"

PMC의 이재호 팀장이 자신의 귀를 의심하고는 되물었다. 그가 생각한 것보다 터무니없이 비싸다고 느꼈기 때문이다.

하지만 오열은 태연하게 대답했다.

"중급은 52억, 고급은 200억입니다."

"흐음, 그게……."

이재호는 말도 안 된다는 듯이 오열을 바라보고는 다시 서류를 뒤적였다. 그가 생각했던 것보다, 아니, PMC가 생각한 것보다 몇 배 이상 가격이 비쌌기 때문이다. 중급 장비란 녹색의 마정석으로 만들어진 것을 말하고 고급 장비란 주황색 마정석을 사용한 장비를 의미한다.

"아니, 도대체 원가가 얼마이기에……."

"장사꾼은 원가로 말하지 않습니다. 제가 개입함으로 인해 그 장비가 얼마만큼의 가치가 올라갔느냐를 계산해야 하는 것 아닌가요? 막말로 중급 이상의 장비를 업그레이드하려면 최소한 수백억이 듭니다. 심지어 수천억을 투자해도 효과가 그다지 좋지 못합니다. 하지만 연금술을 거치면 중급은 45%, 고급은 38%의 성능이 업그레이드되는 것이죠."

"하지만 이번에 저희가 지원하는 일은 비영리사업입니다. 돈을 주고 팔 물건을 만드는 것이 아니라 몬스터가 나타나면 장비를 메탈사이퍼에게 임대할 것입니다."

오열은 피식 웃었다. 그리고 아무 말도 하지 않고 자리에서 일어났다.

'빙신 새끼!'

고급 장비를 업그레이드하느 데 드는 돈이 수천억인데 달랑 200억이 비싸다고 하니 할 말이 없었다. 물론 네트의 원가야 엄청나게 싸기는 했다. 하지만 그 네트는 자신만이 만들 수 있다. 그러니 싸게 해줄 이유가 없는 것이다.

"잠시만요. 아직 이야기가 끝나지 않았습니다."

오열은 이재호의 말을 들었지만 거리낌 없이 PMC의 사무실을 나왔다. PMC가 초기에 그로 하여금 초능력을 각성하게 만들어주고 적지 않은 장비와 시설을 제공해 준 것은 고마웠다.

하지만 유저가 성장하면 상대하는 방법도 달라져야 한다. PMC의 맹점 중의 하나가 사업가적인 마인드가 없다는 것이었다. 이는 국가가 운영하는 기관이라 어쩔 수가 없다. 그래서 어떨 때에는 대화가 잘 되지 않았다.

'어차피 다시 연락을 하게 되어 있어. 목마른 놈이 우물을 파게 마련이지.'

오열은 빙그레 웃었다. 하도 당하다 보니 이제는 자신이 조금, 아니, 많이 사악해진 것 같았다. 좋은 현상이었다. 주황색 마정석은 한 개에 3천억이 넘어간다. 거기에 200억 플러스를 한다고 달라질 것이 별로 없다.

어차피 살 놈은 사고 안 살 놈은 아무리 싸게 해줘도 안 산다. 마정석의 가치는 카오스에너지의 양에 의해 측정되므로 어쩔 도리가 없다. 그러니 아무리 정부가 지랄을 해도 가격이 내려가지 않는다.

오열은 PMC 건물을 나와서 당분간 일을 하지 못하게 되었지만 전혀 아쉽지가 않았다. 이번에 잡은 래빗트의 마정석 가격이 4,255억이나 나왔기 때문이다.

그의 몫으로 입금된 금액이 2,127억. PMC가 차용해 준 1,200억을 갚고 나니 900억이 남았다. 이제 평생 일하지 않아도 먹고살 수 있으니 마음이 느긋해졌다.

오열은 시간이 나서 조용히 지난날을 살펴보니 자신이 얼마나 호구 노릇을 했는지 잘 알 수 있었다. 그동안 등신짓을 적지 않게 했다.

하지만 어쩔 수 없다. 조금 더 약게 행동을 했어도 크게 차이가 나지 않았을 것이다. 중요한 것은 자리다. 즉 얼마만큼 가치 있는 인간인가가 중요하다.

자신의 존재가 대체 가능할 때에는 아무리 아등바등한다고 별반 달라지는 것이 없다. 독과점이 무서운 이유는 대체불가능하기 때문에 마음대로 가격을 책정할 수 있는 것이다. 독보적인 능력을 가져야 하는 이유가 바로 가격 결정권 때문이다.

'니들 일을 안 한다고 일 자체가 없어지는 것은 아니야. 어디서 메탈드워프 하나 잡아서 일을 해도 수요는 널렸으니까.'

오열이 생각하기로 적어도 중급까지는 수요가 상당할 수밖에 없다. 몬스터는 날로 강해지고 있는데 죽지 않으려면 장비를 업그레이드해야 하니까 말이다.

예전의 그가 아니다. 시간은 인간을 성숙하게 만들어줄 뿐만 아니라 때가 끼게 만들어주기도 한다. 좋게 말하면 경험. 인간은 경험을 통해 배운다. 우둔한 자라 하더라도 경험은 능히 그를 성숙한 인간으로 변화시킬 수 있다.

오열은 휘파람을 불었다. 기분이 좋았다. 그런데 왠지 이상했다. 뭐가 잘못된 것 같았다.

그때 그의 얼굴로 떨어진 끈적이는 액체를 느꼈다.

"씨발, 저놈의 새 새끼 같으니라고."

어느덧 새는 똥을 싸고 날아간 뒤라 오열이 길거리에서 펄쩍 뛰자 지나가는 사람들이 미친놈이 지랄한다는 표정으로 그를 바라보았다.

'아, 쪽팔려.'

오열은 오랜만에 길드원이 사냥하는 던전에 들릴까 하다가 그만두었다. 던전 사냥을 하면 하루 2~3억을 벌기는 하지만 이제는 그런 액수가 눈에 들어오지 않았다.

그것은 어제 들어온 2,000억 때문이었다. 한번에 2천억이 넘는 돈이 들어오니 이제는 1~2억 버는 것은 눈에 들어오지 않았던 것이다.

사람이라는 것이 원래 그렇다. 개구리는 올챙이 시절을 쉽게 잊는다. 그리고 그 사실을 잊어야 살기가 편하다.

오열은 일주일을 기다려도 PMC에서 연락이 오지 않자 오기가 생겼다. 그래서 여행을 가기로 했다. 처음 여행하는 것이라 아만다가 굉장히 기뻐했다.

PMC에 휴가 신청을 내고 비행기에 올랐다. 아만다가 바다가 보고 싶다고 해서 발리로 떠났다. 발리에 도착하여 호텔에 짐을 푼 다음 바로 해변으로 갔다. 사누르 해안을 걷다 보니 야자수로 된 숲이 나타났다.

"와아, 너무 예뻐요."

"그렇지?"

아만다는 푸른 바다를 보며 연신 감탄했다. 가끔씩 백사장에 바다거북이 나와 돌아다니는 것도 보였다. 오열도 이 발리

가 마음에 들었다. 생각해 보니 능력자로서 각성을 한 후에
단 한 번도 여행을 가지 않았었다.

"저 사람들은 뭐하는 거예요?"

"아, 서핑보드라고 조금 배우면 누구나 탈 수 있어."

"서핑보드, 서핑보드……."

"타볼래?"

"아뇨. 절대 안 탈 거예요."

아만다는 말로는 절대로 서핑보드를 타지 않겠다고 하면
서도 연신 그들을 흥미로운 눈으로 바라보곤 했다.

아름다운 바다였다. 푸른 바다와 푸른 하늘을 바라보고 있
으면 옷에 푸른 물감이 물들 것만 같았다.

'인생 뭐 있나? 언제 죽을지 모르는데, 즐길 수 있을 때에
즐기자.'

메탈사이퍼는 매우 위험한 직종이다. 사회의 상류층이기
는 하지만 목숨을 담보로 하는 일이라 일부 상류층과 부자 중
에서는 각성자임에도 불구하고 몬스터 사냥 따위는 절대 안
하는 부류가 있다. 그만큼 몬스터 사냥꾼은 위험한 직업이다.

오전에는 가볍게 해변을 거닐다가 오후에는 보트를 타고
바다로 나갔다. 역시 돈이 있으니 좋았다. 비록 바쁜 휴가철
은 아니지만 예약을 하지 않았음에도 불구하고 웃돈을 지불
하자 바로 요트가 준비되었다.

"와아, 너무 좋아요."

마스트 근처에서 아만다는 바다를 바라보았다. 그녀는 바다를 무서워했다. 하지만 끝없이 펼쳐지는 푸른 물결과 바닥이 훤히 보이는 푸른 바다를 보며 기뻐했다.

너무 좋아하는 아만다를 보며 오열은 이렇게 좋아하는 여행을 그동안은 왜 하지 않았는가 하는 생각을 했다.

오열은 아만다와 아름다운 산호와 물고기를 보며 하루를 보냈다. 여유로운 시간을 보내서인지 그도 기분이 몹시 좋았다.

아만다는 오열과 달리 발리의 전통 민속춤이나 건축물에 대해서는 그다지 흥미 있어 하지는 않았다.

힌두교의 문화가 묻어난 여러 건축물에 대해서도 별로였는가 보다. 그림같이 아름다운 칸디클루닝사원, 베사키사원 등도 별로인 모양이다.

오열이 '와아!' 하고 감탄하면 아만다는 시큰둥했다.

"아만다, 멋지지 않아?"

"전… 그냥 그래요."

오열은 아만다가 왜 힌두사원에 대해 그다지 흥미를 느끼지 못하는지 생각해 보니 뉴비드 행성의 건축양식이 오히려 더 뛰어났다.

게다가 4,600개나 되는 힌두사원이 발리 섬에 있다 보니 너무 흔한 것도 한 이유가 되었다. 고대인이 그렇게나 많은 사원을 건축한 것은 신앙심이 바탕이 되어 있다 하더라도 피지

배자를 착취한 것이라고 할 수 있었다.

아름다움 뒤에는 항상 눈물이 있는 법이다. 아름다운 자연 뒤에는 신의 눈물이, 뛰어난 건축물 뒤에는 인간의 눈물이.

오열은 일주일을 발리 섬에서 신 나게 놀았다. 이제 돈이 충분하여 여행하는 데 걸리는 것이 하나도 없었다.

생각 같아서는 메탈사이퍼의 일을 접고 여행을 하면서 쉬고 싶어졌다. 그럴 돈도 이미 충분하게 모았다. 하지만 '용의 기사단'의 일원인 그가 1년에 쓸 수 있는 해외여행은 겨우 2주에 불과했다.

오열은 이왕 여행을 시작했으니 유럽을 여행하고 싶어졌다. 스위스, 파리, 로마 등을 언젠가는 꼭 한번 가보고 싶었다. 아만다와 이야기를 통해 먼저 파리로 가기로 했다.

공항으로 가는 도중에 휴대폰으로 전화가 걸려왔다. 그동안 전화기를 꺼놓고 있다가 항공편을 예약하느라 켜놓았더니 그사이에 전화가 온 것이다.

액정화면을 보니 장일성 소장이다. 오열은 분명 귀찮은 일이 생길 것 같아 전화를 받지 않았다. 지금은 여행을 하고 있다.

공적인 일은, 특히나 PMC의 일은 전혀 하고 싶지가 않았다. 전화를 받게 되면 분명 귀찮은 일에 얽히게 될 것 같은 직감이 작용한 것도 있었다.

"전화 안 받아요?"

"응, 지금은 휴가잖아. 여행을 해야지."

"나는 좋아요."

"나도."

"히힛. 나는 더 좋아요."

아만다가 오열의 팔에 매달려 귀엽게 웃었다. 아픈 다음에 애교가 더 많아졌다. 가끔 까다롭게 굴기는 해도 전체적으로 보면 더 사랑스러워졌다는 것이 맞았다.

오열은 아만다의 말에 맞장구를 치며 공항에 도착했다. 파리로 가는 비행기에 타려는데 공항 직원들이 찾아왔다.

"무슨 일이시죠?"

"오열 리 씨는 여권이 취소되었습니다. 한국 정부의 요청에 의해 오직 한국행만 타실 수 있으십니다."

"무슨 소리죠?"

"말 그대로입니다. 그쪽 나라에 무슨 일이 생긴 모양입니다."

오열은 화가 났다. 하지만 화를 낼 수가 없었다. 이곳 사람들과는 아무 상관이 없는, 말 그대로 한국의 일이기 때문이다.

이들은 한국 정부의 요청에 응했을 뿐이다. 외교적 문제이니 오열은 자신이 할 수 있는 일이 없다는 것을 깨달았다.

'또 뭔 일이 벌어졌겠지.'

여행을 하지 못하게 정부가 여권을 취소한 일은 그만큼 긴

급한 일이 생겼다는 것이다. 하지만 오열은 그게 자신과 무슨 상관이 있느냐 하는 생각을 했다.

한국에는 수많은 메탈사이퍼가 있고 자신은 그중의 하나일 뿐이다. 이런저런 일이 생겨 정부가 나서서 도움을 준 것은 사실이지만 그것 자체가 자신의 인생을 붙잡을 만한 일은 아니라고 생각했다.

'용의 기사단'에 가입한 것도 그냥 귀찮은 일을 피해서였다. 붉은 늑대 길드원을 죽이고 나서 그도 변호사와 상담을 한 적이 있다.

완벽한 무죄가 되기는 힘들지만 그렇다고 유죄로 볼 수도 없었던 사건을 정부가 걸고넘어진 것이다. 그 해결의 대가로 '용의 기사단' 원이 되었다.

"들었지?"

"네."

아만다는 불안한 표정으로 오열을 바라보았다. 그런 그녀를 토닥이며 오열은 한국으로 돌아왔다. 공항에 도착하자마자 정부의 요원들이 나타났다.

"무슨 일이시죠?"

"저희는 국왕전하의 특명으로 오열 씨를 모시러 왔습니다."

"국왕 전하께서요?"

"그렇습니다."

오열은 PMC의 장일성 소장이 일련의 사태를 주도했다면 반발했을 터인데 국왕이 한 일이라고 하니 입을 다물었다.

이철 국왕은 한국에서 국민의 절대적인 지지를 받고 있다. 그가 가진 카리스마와 백성을 사랑하는 마음은 오열도 인정하고 있는 바였다.

공항에서 바로 왕궁으로 향했다. 영국 벨움사에서 만든 윈터25는 스카이윙만큼이나 빠른 자동차였다.

스카이윙을 사용하지 못하는 이유는 왕궁으로 가야 하기 때문이다. 왕궁에는 국왕과 그 직계가족만이 공중 교통을 사용할 수 있다. 반경 20㎞ 내에는 스카이윙 같은 하늘을 나는 공중 교통수단은 출입금지이다.

"무슨 일이십니까?"

"저희는 말씀드릴 수 없습니다."

"그래요?"

"……."

오열은 입을 다물고 있는 그들을 보고는 윈터25 내에 장착된 TV를 켰다. TV에는 바로 뉴스가 나왔는데 왜 국왕이 자기를 불렀는지 금방 알 수 있었다.

오열이 떠나 있던 일주일 동안 몬스터가 출몰하였는데 사상자가 무려 235명이나 된다. 인명 피해뿐만 아니라 건물도 많이 부서졌다.

어떻게 이렇게 되었을까 궁금했는데 화면 속의 기자가 그의 궁금증을 모두 풀어줬다. 몬스터를 조기에 발견하여 메탈 사이퍼들이 출동했지만 초동 진압을 하지 못했다. 결국 몬스터가 도심으로 뛰어들게 되면서 피해가 커진 것이다.

'정말 대책이 없구나.'

오열은 자신 한 사람이 빠졌다고 이렇게 큰 피해가 난 것을 이해할 수 없었다.

어떤 면에서는 국가가 존재하는 이유조차 무시될 정도의 피해를 입은 것이다. 이번 일을 겪고 정부는 몬스터를 퇴치하기 위한 모종의 결단을 내릴 것이다.

오열은 태어나서 처음 왕궁에 온 것이라 무척 신기했다. 일반인이 왕궁 안으로 들어온 사람은 거의 없다.

물론 왕궁의 일부가 일반인에게 공개되기도 했지만 그곳은 엄밀하게 말해 왕궁이라고 하기엔 부족했다.

아름다운 파사다 정원이 가끔 일반인에게 공개되는데 그곳은 왕궁 외원에 속해 있다.

오열은 벽에 걸린 서화들을 눈여겨보았다. 퇴계 이황, 고산 윤선도의 작품으로 보이는 글이 병풍처럼 둘러쌌다. 고아하고 고풍스러운 모습이 지극히 한국적이라 보는 것만으로도 눈이 청경해지는 기분이었다.

"국왕 전하께서 오십니다."

"아, 네."

오열은 국왕이 온다는 말을 듣자마자 자리에서 벌떡 일어났다. 국왕을 만날 때에는 자신이 어떻게 하라는 말을 자세히 듣지 못해 불안했다. 다만 궁중의전관이 전하를 배알할 때는 정중하고 예의를 다해달라는 말만 들었다.

원래 이런 것인가 하고 생각했지만 그건 또 아닌 것 같았다. 아무리 현대라 하더라도 일국의 왕을 처음 보는 자리였다. 그는 비록 상징적인 존재이긴 하지만 국가의 군통수권자이기도 했다.

이철 국왕이 들어오고 뒤에 법무부장관, 그리고 국가안전위원회의 장일성 소장도 따라 들어왔다.

이철 국왕은 큰 키에 배우를 연상시키는 준수한 외모를 가졌다. 오열은 '역시 있는 것들은 잘생겼어!' 하고 쓸데없는 생각을 했다. 그만큼 이철 국왕은 미남이었다.

"어서 오십시오, 이오열 선생!"

"국왕전하를 뵙습니다. 이오열이라 하옵고, 여기는 제 애인인 아만다 샤프란 양입니다."

오열의 말에 아만다가 고개를 살짝 숙이고 무릎을 굽혀 오스만 왕국식의 인사를 하자 이철 국왕은 미소를 지으며 이야기를 했다.

"어서들 앉으시죠."

일행이 자리에 앉자마자 바로 차가 나왔다. 장일성 소장이 눈을 깜박이며 아는 체를 했다. 오열도 고개를 살짝 숙이는 것으로 인사를 했다.

"프랑스로 가려고 하셨다면서요."

"네, 그렇습니다. 파리와 스위스, 로마를 여행할 생각이었습니다."

"미안합니다. 국가의 비상사태라서요. 오열 씨의 여권 취소는 법무부에서 진행한 일입니다. 아시다시피 국가의 안보는 국방부 관할이긴 하지만 왕실과도 무관할 수가 없습니다."

이철 국왕의 말에 오열이 고개를 끄덕이며 동조의 표시를 했다. 그러자 옆에 있던 이신영 법무부장관이 나서서 이야기를 했다.

"자네의 여권이 취소된 일은 총리께서 지시한 일이고 우리 법무부가 승인한 것이네. 전하와는 관계가 없네. 사실 이번에 내각에서 전하께 도움을 요청한 일이네."

"아, 그래요."

어쩐지 이상하다고 생각했다. 왕실의 권위가 아무리 강해도 일방적인 여권 취소는 정도를 넘는다고 생각했는데 무식한 법무부가 진행한 일이었다. 차를 마시고 있는데 이명후 총리의 비서관이 혼자 들어왔다.

"늦어서 죄송합니다. 전하."

"아, 총리께서는 오실 수 없는가 보죠?"

"그러하옵니다. 그래서 소신이 대신 왔습니다."

"할 수 없지요. 앉으세요."

마침 임시국회가 열리고 있는데 총리는 이번에 나타난 몬스터의 피해와 대책을 위해 국회에 남아 있었다.

"몬스터의 난동으로 국가가 비상사태에 들어갔습니다. 이번에 나타난 몬스터로 인해 수백 명의 사람이 다치거나 죽었습니다. 그래서 우리 정부는 정식으로 이오열 선생께 의뢰를 하려고 합니다."

"네? 아니, 무슨 의뢰를… 요?"

오열은 국왕의 말을 이해할 수 없어서 고개를 갸웃거렸다. 그러자 옆에 있던 장일성 소장이 재빨리 입을 열었다.

"자네도 알다시피 이번 몬스터의 출현으로 사상자가 235명이나 되네. 지난번에 나타난 래빗트에 이어 이번 역시 우리가 상대하기에는 무리가 있었네. 우리의 몬스터 공학이 몬스터의 진화 속도를 따라가지 못하고 있어 정부 차원에서 문제를 해결하려고 하네."

"…그게, 무슨 말씀이신지?"

지금도 몬스터를 상대하는 것은 정부의 임무다. 행정부 산하였다가 이제는 국왕직속기구가 된 PMC 역시 정부의 기관이다. 몬스터를 퇴치하는 것은 그 어떤 나라든지 행정부의 소관이다.

정부의 주도 아래 메탈사이퍼를 소집하여 몬스터를 퇴치한다. 적어도 도심을 침범하는 몬스터를 격퇴시키는 데에 있어서는 거의 모든 나라가 그렇게 하고 있었다.

"이제까지는 PMC에 의해 단독으로 주도된 것이 왕실과 행정부 모두 힘을 합치기로 했네."

장일성 소장의 말이 끝나자 김두치 총리 비서관이 말을 이었다.

"지금부터는 제가 설명을 드리겠습니다."

김두치 비서는 서류를 꺼내며 말을 하자 이철 국왕이 고개를 끄덕였다. 아무리 국왕의 인기가 좋아도 실질적인 힘은 행정부에서 나온다.

그리고 김두치 비서관은 총리를 대신하고 있는 자라 아무도 그의 말을 막지 않았다.

"우리 내각은 이전보다 더 적극적으로 몬스터를 퇴치하기로 결정하였습니다. 이를 위해 추경예산을 곧 편성할 생각입니다."

오열은 이야기를 듣고만 있었다. 그가 할 수 있는 일이 별로 없었다.

왜냐하면 아는 것이 하나도 없었기 때문이다. 그가 언제 이렇게 대단한 사람들과 이야기를 나누겠는가. 말 한 마디를 하는 것도 조심스러웠다.

"우리는 이제부터 몬스터 퇴치에 대해 보다 근본적인 조치를 취하기를 원합니다."

"......?"

오열은 말없이 김두치 비서관을 바라보았다. 아마도 총리실에서 그가 이번 일을 계획하고 추진한 것처럼 보였다.

젊은 나이인 그는 뛰어난 말솜씨를 가지고 있었다. 뿐만 아니라 그가 말한 계획들은 매우 치밀하고 정교했다.

총리실과 국가안전위원회의 연합으로 몬스터퇴치본부를 신설한다는 것이 요지였다.

오열은 아직도 이해할 수 없었다. 몬스터를 퇴치하는데 자신을 왜 불렀는지.

"그래서 말입니다. 먼저 레이더의 장비를 업그레이드할 것입니다. 이를 위해 이오열 씨의 연금술이 필요합니다."

"아~ 네."

오열은 그제야 자신이 이곳에 온 이유를 깨달았다. 정부가 추진하는 일은 장비의 업그레이드였다.

한 시간 이상 동안 이야기를 듣고 나오는데 장일성 소장이 그를 따로 불렀다. 작은 사무실로 들어간 그는 장일성 소장에게 물었다.

"이게 어떻게 된 일이에요?"

"하하, 그렇게 된 이유가 있네."

장일성 소장이 빙그레 웃으며 말했다. 오늘부터 오열은 메탈드워프와 함께 장비를 만드는 데 즉시 투입될 예정이었다.

오열이 처음 PMC에 요구한 것들은 모두 수용되었다. 중급은 52억, 고급은 200억의 돈을 받기로 했다. '네트'를 하나

만드는 데 돈은 얼마 들지 않으니 그로서도 불만은 없었다.

"이상하지 않나?"

"아, 네. 갑자기 이렇게 하니 사실 적응이 잘 안 되네요. 몬스터를 퇴치하는 부서의 예산이 매년 줄었다는 말을 들었는데……."

"하하, 이유가 있기는 있지. 이번에 소라이가 나타난 곳에서 JK텔레콤의 차승환 실장이 죽었네."

"아, 그런데 그게 왜?"

차승환은 JK그룹을 창업한 차지원 회장의 손자다. 그는 엄친아다. 그는 예일대를 졸업하고 하버드대학에서 박사학위를 받았다. 돌아와서 JK텔레콤의 말단사원으로 시작하여 5년 만에 기획실 실장에 오른 사람이었다.

"차승환이라면……."

"그는 이명후 총리의 사위이기도 하네."

"아, 그렇군요!"

"또한 차승환은 차지원 회장이 가장 아낀 손자 중의 하나지. 그가 나섰으니 정치계도 일단은 들어주는 척은 해야 했겠지."

차지원 회장의 돈을 먹지 않은 정치인이 없을 것이라는 소문이 한때 시중에 파다했던 적이 있었다.

특히 정치인들이 그의 돈을 받는 것을 좋아한 이유는 그는 돈을 대가 없이 줬기 때문이다. 그러니 야당이든 여당이든 그의 돈을 받아먹지 않은 사람이 없다고 할 정도였다.

지금 야당의 대표인 김수영 의원도 대학생일 때 그가 운용하는 재단에서 장학금을 받았다. 청렴한 이미지의 대명사인 김수영 의원이 그러하니 나머지는 더 볼 것도 없었다.

"추경예산으로 일단 20조가 잡혔네."

"그렇게나 많아요?"

"총리의 사위가 죽었지 않나. 게다가 메탈드워프들이 몬스터를 컨트롤하지 못하니 이제까지 예산안을 깎자던 의원들조차 증액에 찬성하고 나섰네. 그러니 이번에는 확실한 조치가 있을 것이네."

"흐음, 그렇군요. 저야 뭐 물건만 만들어주면 되니까요. 그런데 다른 나라들은 몬스터가 난동을 부릴 때에 어떻게 하고 있나요?"

"그들은 모두 적절한 조치들을 취하고 있네. 특히 미국과 중국은 거의 완벽하게 몬스터를 통제할 수 있네."

"그게 무슨……?"

"돈이 많은 나라인데다가 몬스터에 대한 연구가 가장 활발한 나라이지. 미국은 몬스터 퇴치를 하는 예산만 한해 100조가 넘네. 중국도 마찬가지고. 어쨌든 앞으로 자네에게 불리한 일은 없을 것이네."

오열은 장일성의 말에 고개를 끄덕였다. 파리로 가지 못하게 강제로 여권을 취소한 것에 반발심이 없는 것은 아니었지

만, 오죽 급했으면 그랬을까 하는 생각이 들자 마음이 조금
편해졌다.

내용을 들어보니 국가가 대대적인 투자를 할 생각인 모양
인데 그 중심에 오열의 연금술이 있었던 것이다.

요지는 확실한 장비를 만드는 것이었다. 마취제와 화약이
담긴 총알을 팔아야 한다.

그래서 앞으로는 오열이 혼자 이전처럼 몬스터를 잡느라
고 쇼를 할 필요가 없어지게 된다.

그리고 정부주도로 몬스터에 대한 연구가 본격적으로 이
루어진다고 한다.

이미 미국은 몬스터의 생체에너지를 뚫는 에너지탄을 만
들었다는 말을 듣고는 놀랐다.

"이것은 자네가 앞으로 협조하게 될 때 받게 되는 보상일
세."

오열은 장일성 소장이 주는 서류를 받았다. 장비를 만드는
데에는 애초에 그가 PMC에 요구했던 대로였다.

그 외에도 마취제와 화약이 든 아다티움 탄알들이 개당 1억
씩 책정되어 있었다.

실망스러운 금액이긴 했지만 몬스터를 처치했을 경우 받
게 되는 지분이 20%나 되었다.

이는 그가 몬스터 퇴치에 참가하지 않아도 받게 되는 돈이
었다.

'생각보다 더 강하게 배팅을 하고 있네.'

몬스터를 잡았을 경우 그 지분을 25%나 보장해 준다는 것은 기존의 PMC나 정부의 일처리로는 믿을 수 없는 파격이었다.

"내년 5월에 총선이 있네."

"아!"

장일성 소장이 마치 오열의 속을 들여다본 것처럼 궁금해하는 점을 집어서 말해줬다.

"총선, 총선이 있었군요."

"그러네. 이제 야당이 여당이나 행정부를 압박하기 위해서 예산을 삭감하는 일 따위를 하게 된다면 오히려 그게 그들에게 더 치명적인 독이 될 것이네. 이번처럼 사람이 많이 죽어나가게 된다면 야당도 끝장이 날 걸세."

오열은 고개를 끄덕였다. 모든 일에는 마땅한 이유가 있는 법이다.

이전까지는 어쨌든 별 사망자 없이 레이드를 마칠 수 있었는데 이번에는 너무 많은 사람이 죽었다.

특히나 이번에는 총리의 사위가 죽어버리자 국회의원들도 몬스터의 위협이 남의 일 같지가 않은 것이다.

또한 장일성 소장이 그동안 여야의원들을 만나 꾸준하게 설득한 영향도 있었다.

오열은 자신의 특기인 마취제를 판다는 것에 부정적이었

지만 어쩔 수가 없었다. 막말로 그가 혼자서 모든 몬스터를 처치할 수는 없다.

게다가 이렇게 마취제를 정부에 공급하면 전투 현장에 투입되지 않아도 그가 있는 것이나 마찬가지가 된다. 그리고 사실 그게 더 효율적이기도 했다.

군 특수요원들이 총을 쏘는 것이 아무래도 오열보다는 나을 것이기 때문이다.

집으로 돌아와 재료들을 정리하고 잠을 잤다. 다음 날이 되자마자 오열은 메탈드워프와 함께 장비를 만들어야 했다. 같이 일하게 된 메탈드워프는 30명이 넘었지만 그중 2~3명만 직접 대면해서 일을 하게 되었다.

박시훈은 50대의 늦은 나이지만 가장 실력이 좋은 메탈드워프다. 갈색의 머리에 조금 뚱뚱한 몸을 지녔다.

오소라는 몇 안 되는 여자 메탈드워프 중의 한 명이었다. 동그란 얼굴에 안경을 착용했는데 꽤나 귀여운 여자였다.

그녀의 나이는 이제 20살이 될까 말까 했다. 나머지 한 명은 오진태로 오열보다 5살 많았다.

"이봐, 애송이 네가 그 유명한 연금술사라며."

오진태가 오열을 바라보며 한마디를 했다. 그는 190㎝나 되는 거구인데다가 얼굴마저 우락부락하였다. 외모만 따지면 최고의 탱커감이었다.

"그런데요."

"하하, 정말 자네가 서로 다른 에너지들을 한꺼번에 중화시킬 수 있다는 말인가?"

"네."

"하하. 거짓말 같기는 한데 사실이라고 하니 믿을 수가 없군. 그럼 내 주위에 있는 연금술사들은 도대체 뭐란 말인가?"

툭툭 내뱉는 말이 악의는 없어 보이는데 듣는 사람을 전혀 배려하지는 않는다. 하지만 그는 매우 재미있는 성격이었다.

3장

몬스터를 연구하다

오열은 오진태의 말을 듣고 피식 웃었다. 이런 놈이야말로 애송이라는 것을 잘 알고 있기 때문이다. 이 녀석은 한번 두들겨 패면 끝이다.

"어이, 여기는 내가 선배니까 앞으로 내 말을 잘 들어라. 알았나, 애송이?"

오열은 박시훈과 오소라를 바라보며 말을 했다.

"이분 왜 이러세요?"

"나도 잘 모르네. 하하!"

박시훈이 웃으며 이야기를 했다. 오소라도 살포시 웃었다.

"이 녀석이, 형님이 말씀하시는데 감히 반항한다는 말이냐?"

"네, 네. 어련하시겠어요."

"이 녀석이……."

오진태는 오열이 만만찮게 나오자 약간 당황하는 표정을 지었다. 표정을 보니 이 녀석을 몇 대 두들겨 줄까 하는 눈치였다. 하지만 초면부터 말썽을 피우는 것은 그로서도 부담스러운 일이다.

오열은 오진태가 자신보다 5살이나 많다는 것을 알았기에 미소를 지으며 참았다. 아직까지는 봐줄 만했기 때문이다.

첫날부터 작업할 양이 꽤 되었다. 10개의 중급 장비가 만들어졌다.

오열이 하는 일이란 마무리된 장비에 네트를 끼워 넣는 것이었다. 그리고 표면에는 함부로 뜯지 못하게 마법진으로 마감했다. 그리고 작은 글자를 새겨 넣었다.

임의로 열면 장비가 망가질 확률이 대단히 높습니다. 제품 파손 시 책임은 전적으로 사용자에게 있습니다.

"이게 뭔가?"

"아, 제가 아닌 다른 사람이 열면 망가지게 되어 있습니다."

"그런 것도 있나?"

"지적재산권을 지켜야죠."

"허허. 대단하이."

박시훈은 오열이 한 것을 보며 사람 좋은 웃음을 터뜨렸다. 오소라와 오진태마저 오열이 하는 일을 지켜보고는 감탄했다.

"네 일은 무척이나 간단한 일인데 지적재산권에 신경 쓰나?"

"원래 프로가 하면 쉬워 보이게 마련이죠. 그런데 이렇게 쉬운 것을 능력 좋으신 메탈드워프님들께서도 못해서 제가 여기 있는 것 아닙니까?"

"끙!"

오진태가 오열의 말을 듣고 얼굴을 찡그렸다. 하지만 오열은 그를 신경 쓰지 않았다. 솔직히 그는 덩치만 크지 한주먹거리도 안 되었기 때문이다.

메탈드워프의 신체적 능력은 그가 예전이었다면 몰라도 지금은 한주먹거리도 안 된다. 게다가 오열은 장비가 워낙 좋아서 현재 어떤 메탈사이퍼와 싸운다 하더라도 이길 자신이 있다. 사실 무공을 익힌 후에는 그의 능력치는 그 어떠한 딜러보다 높았다.

오열은 기분이 좋았다. 비교적 저렴한 '네트'를 장비에 장착해 주는 일은 속된 말로 돈을 갈고리로 바구니에 긁어 담고 있는 일이었다.

첫날에 만들어야 했던 장비는 힐러용이었다. 현재 힐러의 힐이 메탈사이퍼에게 70%밖에 전달되지 않는다. 그런데 새롭게 만들어지는 장비는 힐의 전도율이 45%나 증가하기에 힐량이 115%로 대폭 증가하는 효과까지 있다.

그런데 힐러용 장비는 굳이 중급 이상으로 할 필요가 없었다. 고급 마정석으로 만들어도 방어력만 올라가고 힐의 양은 차이가 나지 않았기 때문이다. 이번에 새롭게 만들어지는 장비는 힐러들에게는 혁신적이었다.

오열은 삼 일 동안 메탈드위프와 일을 하고 나서 다시 3일을 집에서 쉬면서 몬스터에 대해 연구하기 시작했다. 작은 몬스터 몇 마리를 잡아와 실험실에 놓고 마정석과 마나석, 그리고 에너지스톤을 먹여보았다.

쥐를 닮은 마카리아는 1미터도 안 되는 몬스터이기에 오열의 능력으로 다루기에 부족함이 없었다.

메탈드위프가 특별히 만든 견고한 우리 안에 마카리아를 집어넣고 실험을 시작했다.

실험 방법은 마정석을 몬스터에게 먹이는 것이다. 그런데 많은 양의 마정석을 먹이면 몬스터가 버티지 못하고 죽어버렸다. 하지만 작은 양의 마정석을 먹으면 진화가 일어났다.

"어럽쇼. 이거 좀 이상하군."

오열은 이번 실험을 통해 몬스터가 어떻게 진화하는지 감이 잡혔다. 몬스터는 에너지스톤을 먹었을 때 죽는 경우가 많았고 마나석은 어지간하면 죽지 않았다.

결국 몬스터는 자신의 몸에 맞는 마정석이나 카오스에너지를 섭취하게 되면 진화하게 되는 것이다.

'그렇다면 몬스터의 생명력을 먹여보자.'

오열은 창고에 가득 쌓인 생명력이 담긴 상자를 가져와 마카리아 앞에 하나를 던졌다. 마카리아가 코를 킁킁거리며 달려와 재빠르게 덩어리를 먹어버렸다. 아주 맛있게 꿀꺽꿀꺽 집어먹고는 몸을 부르르 떤다.

생명력이 담긴 덩어리를 먹은 몬스터는 시간이 지나면서 형체가 조금씩 달라지기 시작했다. 마카리아의 껍질이 벗겨지면서 몸집의 크기가 커졌다. 아주 즉각적인 반응이었다.

'흠, 이거구만.'

오열은 몬스터에게 생명력이 농축된 것을 다시 하나 던졌다. 마카리아가 다시 달려와 집어먹었다.

크르르릉.

이번에는 이전보다 더 빠르게 몬스터가 변했다. 거의 탈각이라고 할 정도로 빠른 변화였다.

'흠, 생각보다 단순하군. 이 정도의 정보를 정부가 몰랐을 수는 없어. 문제는 몬스터의 진화를 안다고 하더라도 퇴치 방법을 알아내는 것은 쉽지 않아.'

오열은 몬스터가 카오스에너지를 얼마나 먹게 되느냐에 따라 진화하게 되는 것을 깨달았다. 그렇다면 말이 된다.

몬스터가 처음 카오스에너지에 노출되었을 때에는 약할

수밖에 없다. 하지만 많은 양의 카오스에너지에 노출하게 되면 몬스터는 그만큼 더 강해지게 되는 것이다.

'결국 몬스터의 진화는 카오스에너지에 얼마나 오랫동안 노출되느냐에 달려 있군.'

오열은 고개를 끄덕였다. 그리고는 갑자기 좋은 생각이 들었다.

"이놈들을 키워봐?"

오열은 몸집이 배나 커진 마카리아를 보며 생각에 잠겼다. 쉽지는 않겠지만 가능할 것 같았다.

몬스터의 생명력은 창고에 가득하다. 이를 카오스에너지로 변환하여 에너지 회사에 팔 수 있다.

그런데 몬스터가 먹고 진화를 한다면 싸구려 마정석이나 몬스터의 뼈나 살덩어리에서 뽑은 생명력을 먹여 인위적으로 진화시킨다면 더 높은 등급의 마정석을 얻을 수 있게 될지도 모른다.

오열은 '더 나이트 길드'의 길드마스터라서 몬스터의 사체를 아주 싸게 매입하고 있다.

문제는 자신이 진화된 몬스터를 통제할 수 있느냐와 효율성이 얼마나 있느냐에 있다. 만약 경제적 가치가 높으면 한번 해볼 만한 일이다.

인류를 위협하는 그 원인과 해결점을 찾아야 한다.

문제는 아직까지 계속 몬스터에 대한 연구가 지지부진하

다는 점이다.

최하급의 몬스터라 하더라도 생체에너지가 너무나 강해 일반적인 임상실험은 할 수 없다. 몬스터의 생체에너지를 뚫으려면 메탈사이퍼의 에너지소드만이 가능하다.

그런데 몬스터는 실험용 생쥐가 아니다. 자신의 생체에너지가 파괴되는 것을 그냥 바라만 보고 있는 놈은 없다.

비교적 온순한 몬스터라 할지라도 자신의 가죽이 베어지는 것을 가만히 지켜볼 놈이 없기 때문이다.

그러니 생체에너지 탓에 마취도 안 된다. 하지만 그래도 정부는 어떻게 해서든지 실험을 하고 있으리라.

오열은 정원을 걸으며 생각에 잠겼다.

*   *   *

장준식은 요즘 몸이 두 개라도 모자랄 정도로 바빴다. 저번 레이드에 길드원이 3명이나 죽고 20명이 부상을 입었기 때문이다. 때문에 길드 분위기가 매우 안 좋았다.

길드마스터인 오열이 길드에 나오지도 않자 분위기는 더욱 착 가라앉았다. 얼굴마담인 것은 알고 있지만 길드에 너무 관심이 없는 그였다.

그랬기에 장준식은 자신의 마음대로 길드를 꾸려갈 수 있었다. 하지만 지금은 길드마스터가 꼭 필요한 시점이었다.

이름뿐인 길드마스터이지만 대외적으로는 그가 가진 상징적인 의미는 상당히 컸는지 아침에 가디언스 길드에서 사람이 찾아왔다.

수색 제2던전을 관리하는 오총명 부길드마스터였다. '더 나이트 길드'가 신흥 길드인 것을 고려하면 파격적인 방문이었다.

"이번에 더 나이트 길드에서 사망자가 나온 것은 유감입니다."

"고맙습니다. 이렇게 찾아주셔서."

오총명 부길드장의 방문은 조문 성격이 강했다. 그렇지 않다면 이런 시기에 길드 사무실을 방문하지 않았을 것이다.

"그런데 길드마스터님은 나오지 않으셨군요?"

"아, 네. 오늘은 나오지 않으셨습니다."

"아, 그러시군요."

오총명은 아쉬운 표정을 지었다. 장준식은 어쩌다가 나오는 오열이 오늘은 나오지 않았다고 말했다.

말이 가지는 미묘한 위력을 그는 너무나 잘 알고 있었기 때문이다. 만약 길드 사무실에 잘 나오지 않는다면 그동안 더 나이트 길드에 베풀어졌던 혜택도 줄어들지도 모르는 일이다.

요즘 길드원은 오열이 길드마스터로 역할을 제대로 하지 않는다고 불평을 터뜨렸다. 하지만 그가 길드마스터로 이름을 얹어놓는 탓에 보는 많은 이익은 이루 말할 수 없을 정도였다.

일단 던전 사냥을 안정적으로 할 수 있게 되었다. 게다가 크고 작은 특혜에 가까운 배려가 있다는 것을 알고 있었다.

"장례는 잘 치렀는지요?"

"네, 걱정해 주신 덕분에 잘 치렀습니다."

"이것은 저희 길드의 성의입니다."

"아! 고맙습니다."

장준식은 오총명이 주는 봉투를 거절하지 않았다. 조의금이라 거절할 명분이 없었고 거절할 이유도 없었다. 오총명은 사무실에 오열이 없자 잠시 이야기하다가 금방 갔다.

'하아, 역시 그는 대외적으로 엄청난 파워를 가지고 있군.'

그는 봉투를 열었다. 봉투 안에는 15억이나 담겼다. 가디언스 길드 같은 거대 길드야 돈이 넘쳐나겠지만 그럼에도 불구하고 상당히 큰돈이었다.

레이드에서 절대적인 무력을 발휘하는 오열 덕분에 더 나이트 길드는 작은 규모임에도 불구하고 남에게 무시를 받지 않고 있었다.

길드원은 이런 사실을 체감하지 못하고 있지만 길드를 관리하는 그는 누구보다 잘 알고 있었다.

오후에는 페가수스 길드에서도 부조금이 들어왔다. 그리고 가즈나이트, 메리앙 길드에서도 조의금을 보내왔다. 덕분에 조금 부족할 것이라고 생각했던 사망자에 대한 위로금을 넉넉하게 지급할 수 있게 되었다.

길드의 부조금이 늦게 도착한 것은 합동장례식을 치르지 않아서 그들이 조문을 할 수 없었기 때문에 길드로 부조금을 전달한 것이다.

최근에 도심에 몬스터가 나타났을 때에는 더 나이트 길드원은 출동하지 않았다. 이전의 레이드에서 너무 많은 요원이 죽거나 다쳤기 때문이었다.

그는 길드원을 새로 모집하고 어수선한 길드 분위기를 새롭게 하는 데 온 정신을 다 쏟았다.

몬스터가 강해지는 만큼 장비도 곧 보강된다는 소식을 듣고 대부분의 메탈사이퍼는 큰 기대를 하고 있었다.

지난 레이드에서 무려 235명의 사상자가 생겼다. 래빗트를 레이드할 때 3명의 사망자와 35명의 부상자는 새 발의 피였다. 그러기에 장비의 보강이 어느 때보다 절실하였다.

*　　　*　　　*

가디언스 길드의 김인옥 마스터는 이번에 보고를 받고 어이가 없었다. 길드원 중에서 무려 다섯 명이나 사망자가 나왔다.

"이오열이 없다는 것이 이런 결과가 나왔단 말인가?"

"그가 있어서 그동안 사상자가 터무니없이 적었던 것이죠.

실력에 비해서. 그리고 문제는 몬스터가 자꾸만 강해지고 있습니다."

이찬혁 부길드장이 얼굴을 굳히고 걱정스런 어조로 대답했다. 그는 전략기획팀도 이끌고 있어 누구보다도 오열의 가치를 잘 알고 있다.

"연금술사가 그렇게 대단한 것인가?"

"일반적인 연금술사는 그렇지 않습니다. 오직 이오열만 다를 뿐입니다. 연금술사가 생겨난 지 얼마 되지 않기에 연구를 한 사람이 별로 없었죠. 그가 나타남으로 연금술에 대한 새로운 관점으로 접근하고 있는 사람이 생기게 되었죠. 하지만 이도 많은 시간이 지나야 성과가 나타날 것입니다."

"그렇겠지."

김인옥은 시거를 입에 물었다. 연초에 불을 붙여 연기를 빨아들였다. 그윽한 연기가 폐로 들어가자 신경이 이완되었다. 그는 갑자기 훅하고 연기를 뱉어냈다.

"더 나이트 길드가 던전에서 사냥하는 데 편의를 좀 봐주라고 해. 무서운 놈이 마스터로 있는 길드니 약간의 배려를 해주는 것도 나쁘지 않지."

"오총명 부길마가 잘할 것입니다."

"그렇겠지. 그런데 그는 잘 나오지도 않는다며?"

"하하, 네. 좀 게으른 편입니다."

"뭐가 게으른가. 연금술사가 사냥하는 캐릭터는 아니지 않는가. 연구나 하고 있겠지. 그러니까 그 무지막지한 몬스터를 그렇게 쉽게 처리하는 것 아닌가?"

"하하, 맞는 말씀입니다. 역시 길드장이십니다."

"오늘따라 오버하는군."

"하하. 수하된 사람으로서 오버는 오버가 아닙니다. 마땅한 덕목이죠."

"쉰소리 그만하고 나가봐."

이찬혁이 나가자 김인옥은 서류를 보며 중얼거렸다.

"대단하군! 장비 하나를 만드는데 52억을 받는다? 정말 부럽군."

그는 어느새 오열이 장비 하나를 만드는데 받는 금액마저 알고 있었다. 거대 길드의 정보력은 엄청났다.

김인옥은 연금술사가 얼마나 중요한 것인지 점점 더 의식하기 시작했다. 이전에 길드 차원에서 연금술사를 지원했지만 아직은 성과가 나오지 않았다. 길드 소속의 연금술사와 오열과는 너무나 차이가 많이 났던 것이다.

'쉽게 되는 것은 아니겠지.'

그는 눈을 감았다. 바람이 지나가는 소리를 들으며 나지막하게 한숨을 내쉬었다.

김인옥은 이렇게 해서는 안 된다고 생각했다. 길드가 연합을 하고 정부와도 긴밀한 협력을 하지 않으면 몬스터에게 모두 죽게 될 것이라고, 본능이 그에게 말해주고 있었다.

그는 위험을 감지하는 능력이 유난히 강했다. 그래서 그 덕분에 길드의 위기를 벗어난 적이 많았다. 하지만 거대 몬스터의 출현은 그를 불안하게 만들었다.

이미 5명의 길드원이 죽었다. 1천 명이나 되는 길드원 중에서 5명은 별것 아닐 수 있지만 사실 그렇지 않다.

조직과 사회라는 것이 군중심리가 강해 한번 무너지면 주체를 할 수 없는 속도로 망가진다. 그러기 전에 막아야 했다. 그것은 비단 가디언스 길드만을 위한 것은 아니었다.

길드가 무너지는 것은 메탈사이퍼가 흔들린다는 것을 의미했고 메탈사이퍼의 몰락은 현대사회의 붕괴를 의미한다.

몬스터를 막을 수 있는 유일한 세력인 메탈사이퍼의 몰락은 사회의 안전망이 제거된다는 것을 의미하기 때문이다. 인류의 재앙의 시작이라는 말이다.

'이것은 보통 일이 아니야. 이오열, 그 연금술사 혼자 해결할 수 있는 일이 아니야. 이것은 우리 모두의 문제, 인류의 문제이기도 해.'

김인옥은 박애주의자는 아니다. 하지만 자신이 속한 길드를 목숨처럼 아꼈다. 그런 것이 없었다면 거대 길드의 마스터가 될 수 없었을 것이다.

진심이란 눈에 보이는 것이다. 한두 번은 사람을 속일 수 있지만 결코 완벽하게 사람을 속일 수는 없다.

사람들이 바보가 아니기 때문이다. 만약 모든 사람을 속인

사람이 있다면 그는 아마도 자신마저 완벽하게 속였을 것이다.

그는 처음 길드마스터에 오르고 주변에서 좋은 말을 하는 사람을 중용한 적이 있었다. 아부를 잘하고 앞에서 살랑거리는 모습이 그의 마음을 흡족하게 만들었다.

하지만 시간이 지나면서 결과가 보이기 시작했다. 그러자 그의 앞에서 했던 모든 달콤한 말이 거짓이라는 것을 알게 되었다.

길드마스터가 되다 보니 말보다는 결과가 더 중요했다. 그렇게 되니 거짓을 분별할 수 있는 눈을 가지게 되었다.

사람은 진심을 읽는 능력도 그것을 알아낼 능력도 가지고 있다. 진심으로 사람들을 대하면 그 순간은 손해가 될지 모르지만 길게 보면 이득이 된다. 그를 알아주는 진정한 친구가 생기기 때문이다.

김인옥은 창가에서 서성이며 어떻게 하면 이 난국을 헤쳐 나갈 수 있을까 궁리했다. 몬스터는 인류의 생존과 분리할 수 없다.

몬스터에게서 축출한 카오스에너지는 현대사회에서 가장 중요한 산업에너지가 되어버렸다. 하지만 인류가 통제할 수 없는 몬스터는 재앙이 될 뿐이다.

그러니 강한 놈이 생길 수 없는 구조를 하루 빨리 만들어야 한다. 그러기 위해서 길드끼리 힘을 합쳐야 한다.

　　　　　　*　　　　*　　　　*

"뭐라고? 김인옥이가 보자고 한다고?"

"그렇습니다."

"이번에는 또 무슨 문제지?"

"……."

"알았다고 연락을 해. 날짜와 시간을 정하라고 통보해."

"알겠습니다."

가즈나이트의 차인태 길드마스터는 서류에 사인을 하며 비서에게 말했다.

그도 요즘 무엇인가 잘못 돌아가고 있다는 것을 느끼고 있었다. 그의 길드에서도 이번에 몬스터의 난동으로 인해 7명의 길드원이 사망했다.

최근에 신입 길드원이 많이 들어와 거의 천 명 가까이 되어 이제 다른 거대 길드와 어깨를 나란히 할 수 있을 정도가 되었다.

하지만 7명의 사망, 25명의 부상자는 그의 길드로서는 쉽게 받아들일 수 있는 숫자는 아니었다.

몬스터가 앞으로 더 이상 나오지 않는다면 몰라도. 레이드를 할 때마다 사상자가 발생한다면 메탈사이퍼는 몸을 움츠려들 것이다.

메탈사이퍼가 몬스터 사냥을 하지 않으면 길드도 사회도 돌아갈 수 없는 구조다.

'젠장, 빌어먹을 몬스터!'

그는 주먹으로 탁자를 쳤다. 가즈나이트 길드만의 문제는 아니었다. 크고 작은 길드에서 해당 길드원이 크게 다치거나 사망했다.

삼 일 만에 서울의 3대 거대 길드뿐만 아니라 중형 길드의 마스터들도 호텔의 연회장에서 모였다.

이차명 페가수스 길드장은 모인 사람들을 보며 감탄을 했다.

"호오, 김인옥 마스터가 애를 많이 썼군."

한 단체의 수장이 되는 이들은 매우 바쁘다. 그런 이들의 스케줄을 조정하는 것은 쉬운 일이 아니다.

그런데 이렇게 많은 길드마스터가 참가했다는 것은 그만큼 수고를 많이 했다는 의미이기도 했다.

"한동안 김인옥의 세상이 되겠군."

그는 자신의 자리로 가서 앉았다. 그의 옆에 차인태 길드마스터가 미리 와 있었다.

"오랜만입니다. 차인태 길드장님."

"격조했습니다. 이차명 길드장님!"

옆에는 메리앙 길드의 이율 길드장도 있었다. 서로 가볍게 인사를 하며 안부를 물었다.

"어, 저 친구는 더 나이트 길드의 이오열 아닌가요?"

"그러게 말일세. 소문으로는 좀 뺀질거린다고 하던데요."

"실력이 워낙 좋으니 자기 마음대로 해도 누가 뭐라고 할 수 있나요?"

"하긴, 그렇습니다."

오열이 가장 윗자리에 앉아서 공짜로 주는 술을 홀짝이고 있었다. 자리가 자리인지라 모든 술이나 음식이 최고급이었다.

김인옥이 자리에서 일어나 열심히 먹고 있는 오열을 흘깃 보고는 정면을 보고 입을 열었다.

"먼 길 오시느라 수고가 많으셨습니다. 여러 길드장님!"

그는 허리를 숙이며 인사했다. 격식 있는 인사였다.

"제가 이런 자리를 마련한 것은 이제는 우리 길드들이 몬스터의 위협에서 손 놓고 있어서는 안 된다는 생각이 들어서였습니다."

"흠, 흠."

주위에서 그의 말을 듣고 사람들이 가볍게 기침을 했다. 그리고는 고개를 끄덕였다. 그의 말이 틀리지 않은 것을 알고 있기 때문이다.

오열은 길드장들의 회합이 있다는 말을 듣고 처음에는 불참하려고 했었다.

하지만 김인옥 길드장이 직접 찾아오는 바람에 참석하기

로 했다. 물론 자신이 여기에 참석해도 되나 하는 생각은 했다.

자신은 길드마스터이지만 얼굴마담에 지나지 않기 때문이다. 하지만 길드의 공식 서류에는 그가 길드마스터로 등록이 되어 있으니 참석하지 못할 이유도 없었다.

"제가 여러분을 초청한 이유는 단 하나입니다. 몬스터! 지난번에 몬스터의 난동으로 인해 길드원이 많이 죽고 다쳤습니다."

김인옥이 말을 하자 주위가 쥐 죽은 듯이 조용해졌다. 오열은 요리를 집어먹다가 분위기를 보고는 젓가락을 내려놓았다..

"몬스터! 확실히 문제지요. 그럼 어떻게 할 생각이오? 몬스터를 우리가 통제할 수 있는 것이 아니지 않소?"

"물론입니다. 몬스터를 통제할 수가 없습니다. 하지만 이제 몬스터를 돈벌이로 보는 것부터 고쳐야 합니다. 지난번에 무려 235명의 사상자가 났습니다. 우리 길드원에서는 5명이나 사망자가 나왔습니다."

그가 말을 하자 여기저기서 고개를 끄덕이며 동조를 했다. 길드가 크면 클수록 사망자가 더 많을 수밖에 없다. 몬스터 레이드에 참여하는 숫자가 많기 때문이다.

"이제 우리는 길드 연합체를 만들어서 힘을 하나로 모아야 합니다."

"길드 연합체라?"

"길드 연합이라……."

"적어도 몇 가지는 길드들이 힘을 모아야 생존할 수 있습니다. 길드원이 매번 사망한다면 길드가 위태롭게 됩니다."

"하지만 이번 한 번으로 길드 연합체를 만든다는 것이……."

"연합체를 만들면 이익을 보는 길드도 있겠고 손해를 보는 길드도 분명 나타날 것입니다. 하지만 그렇다고 해도 꼭 해야 합니다. 죽는 것보다야 낫지 않습니까?"

김인옥의 말에 이차명이 고개를 끄덕였다. 분명 김인옥의 말대로 이익을 보는 길드가 생길 것이다. 하지만 현재는 몬스터가 강해지는 속도를 메탈사이퍼가 따라잡지 못하고 있다.

"그럼 어떻게 하자는 것이오?"

"오늘은 연합체를 만들고 제안을 하고 각자의 길드로 돌아가 의견을 수렴했으면 합니다."

"그럽시다."

이차명과 차인태가 그 자리에서 동의를 해버리자 나머지 길드장도 따라갈 수밖에 없었다.

서울에 있는 3대 길드의 수장들이 하자고 하니 중소 길드의 마스터들은 불만이 있어도 따라갈 수밖에 없다.

이후에 다시 자리를 만들어 길드 연합체의 기본 강령을 만들었다.

물론 연합체에 가입하려면 큰 금액의 회비를 내야 했다.

하지만 가입하면 여러 모로 좋은 점도 있었다. 길드 연합체에서 메탈사이퍼에 대한 대대적인 지원을 선포했기 때문이다.

"그러니까 길드의 메탈드워프들이 모여 장비를 만들면 저보고 마무리 작업을 하라는 것인가요?"

오열은 김인옥의 말에 반문했다.

"그렇습니다. 길드가 보유하고 있는 중급 마정석을 모두 풀겠습니다. 하지만 성능을 향상시키기 위해서는 에너지스톤과 마나석이 있어야 한다고 들었습니다. PMC에는 이것들이 있지만 우리는 없습니다. 들리는 소문으로 이오열 길드장님께서 가지고 있다는 말을 들었습니다."

"누구에게 들었습니까?"

"험, 험."

김인옥이 난처한 표정을 지으며 고개를 돌렸다. 어디서 정보가 흘렀는지 뻔했다. 그럼에도 불구하고 대단한 정보력이었다.

"하지만 그것은 제 개인 소유입니다."

"하하, 무엇인가 오해를 하신 모양인데 저희가 무료로 제공해 달라는 것이 아닙니다. 다만 가능한 저렴하게 구입을 했으면 좋겠다는 것이지요."

오열은 속으로 생각했다. 에너지스톤과 마나석은 충분하게 가지고 있었다.

특히 마나석은 엄청나게 많이 가지고 있다. 에너지스톤도 제법 되었다. 실험에 필요한 양만 제외하고 팔아도 되긴 되었다.

"하지만 이것들은 시세가 아직 형성되어 있지 않습니다."

오열의 말은 있기는 있지만 싸게 팔 수는 없다는 말이었다. 김인옥이 씁쓸하게 웃으며 대답했다.

"이것은 저희 길드의 사리사욕을 위해서 하는 것이 아닙니다. 하지만 우리는 죽지 않으려면 장비를 강화시켜야 합니다. 우리들이 무너지면 일반 시민은 끝장입니다."

"그렇긴 하죠."

오열이 동의를 하자 김인옥이 재빠르게 다음 말을 했다.

"에너지스톤과 마나석이 들어가서 증가하는 효율의 20% 선에서 대금을 지불했으면 합니다."

"아, 그래요?"

오열은 속으로 회심의 미소를 지었다. 그 정도의 조건이라면 많은 이득을 볼 수 있기 때문이다.

마나석과 에너지스톤이 있으면 장비는 상당히 강해진다. 문제는 지금까지 길드가 가지고 있는 장비는 모두 마정석만 들어갔다.

최근에 PMC가 만드는 장비에만 마정석, 마나석, 에너지스톤과 네트가 들어갔던 것이다. 당연히 성능의 차이가 많이 났다.

"각각의 길드는 대략 10명에서 5명 분량의 장비와 무기를 만들 것입니다. 그리고 여유가 되는 대로 계속 장비를 업그레이드할 생각입니다."

"그래도 아머나 무기에 특수합금이 들어가지 않으면 효율이 떨어질 터인데요."

"뉴비드 행성인가요? 그 행성에서 나오는 합금만큼은 아니지만 최근에 우리도 제법 괜찮은 금속을 발견했습니다. 북극의 심층지하에서 발견된 것으로 지구상에서는 가장 강한 금속입니다."

"뭐 그렇다면야."

오열은 승낙했다. 나쁘지 않은 제안이었다. 단순계산으로 마나석과 에너지스톤은 개당 20억 정도가 되었다.

오열은 속으로 미소를 지었다. 필요해서 가지고 있기는 했지만 그 자신이 무슨 대단한 연구를 하는 연금술사도 아니고 해서 많은 에너지스톤과 마나석을 처리하는 것도 조금 곤란했었다.

정부에서 운영하는 PMC에 처분하기에는 너무 아까웠기 때문이다. 그 당시 PMC는 너무 헐값에 사려고 했기 때문이다.

모든 일이 일사천리로 진행되었다. 거대 길드의 마스터가 나서니 안 되는 일이 없었다. 심지어 정부의 행정기관이나 PMC마저 최대한 협조해 주었다.

거대 길드의 마스터들은 단순하게 몬스터 헌터가 아니라 정재계와 깊은 연결고리를 가지고 있었기 때문이다.

한 달 만에 서울 길드 연합체는 전국적인 연합체로 변신했다.

오열은 메탈드워프들이 만들어 가지고 온 장비에 마나석과 에너지스톤, 그리고 네트를 집어넣었다. 장비 하나를 만드는데 약 90억의 돈이 그의 수중에 떨어졌다.

돈이 많이 벌리자 오열은 몬스터를 사육하고 싶은 마음이 들기 시작했다. 몬스터를 키워 상위 등급의 마정석을 얻는 것은 매력적인 일이었다.

'PMC에 말을 해봐?'

PMC는 어쩐지 마음이 걸렸다. 정부라는 거대 단체와 자신을 비교하니 아이템을 도둑맞을 위험성도 있었다.

물론 아이템이 있다고 쉽게 성공하는 것은 아니지만 그래도 조금 걸리는 부분이 없지 않았다.

오열은 어느 날 장준식에게 자신의 생각을 말했다. 어쨌든 '더 나이트' 길드가 몬스터 사육에 동원될 확률이 높기 때문에 실질적으로 길드를 관리하는 그의 동의가 필요했다.

그는 몬스터를 사육하려는 시도 자체를 놀라워하면서도

높은 등급의 마정석을 얻을 수 있다는 점에 흥미를 가졌다.

"흠, 상당히 무모하지만 시도를 해볼 만하기는 합니다. 지금도 중급 마정석이 없어서 장비를 만들지 못하고 있는 길드원이 많으니까요."

"그렇죠?"

오열은 자신의 아이템에 장준식이 관심을 가지자 약간 자신감이 생겼다.

"하지만 약간의 문제가 있군요. 일단 거대 길드의 협조가 필수적이겠군요. 그리고 정부의 협조도 있어야겠군요."

"그렇습니까?"

"그렇습니다. 사육하는 것이야 문제가 안 되는데 만약에 이놈을 통제하지 못했을 때를 염두에 두어야 합니다."

장준식의 말에 오열이 고개를 끄덕였다. 일리가 있는 말이었다. 막말로 기껏 키워놓은 몬스터가 난동을 피우고 도심으로 뛰어들면 그 책임을 어떻게 지겠는가?

그래서 반드시 정부도 한 발 담그게 만들어야 한다. 게다가 거대 길드의 자원과 정보망을 이용할 필요도 있었다.

'흠, 뭐 높은 등급의 마정석을 얻기 위해서라면 협조들 해주겠지?'

오열은 자신이 돈을 벌기 위해 일을 계획하면서 모두를 위한 일이라고 포장하기 시작했다.

                    *   *   *

오열의 주머니로 돈이 자꾸만 밀려들어왔다. 생명에 위협을 느낀 메탈사이퍼는 빚을 내서라도 좀 더 높은 등급의 장비를 착용하고 싶어 했다.

특히나 힐러에게는 오열이 만든 장비가 엄청나게 인기였다. 효율이 무려 45%나 향상되는 장비였다.

그 말은 세 번 힐을 할 것을 두 번만 해도 된다는 말이니 이는 자신의 안전을 위해서도 중요하지만 딜러에게도 굉장히 좋았다.

70%밖에 들어오지 않던 힐이 이제는 오히려 115%로 증폭되어 들어오니 얼마나 든든하겠는가.

위기에는 사람들이 모이게 된다. 서로 사이가 좋지 않고 뜻이 달라도 생존을 위해서는 다툼을 멈추고 뜻을 하나로 모으게 마련이다.

'이거 돈이 너무 들어오는 것도 문제네. 내가 이것을 어떻게 다 써?'

오열은 워낙 가난하게 살았다. 연금술사가 되어서도 툭하면 땅을 팠다. 그러니 땅만 파지 않고 맛있는 음식을 먹을 수 있으면 그것으로 만족했다.

가난한 사람이 갑자기 부자가 되면 눈이 돌아간다는데 오열은 그럴 시간이 없었다.

돈을 쓰고 즐기려고 해도 시간이 부족했다. 아직도 정부와 약속한 땅굴을 2개나 더 파줘야 한다.

마지막에 파준 에너지스톤이 만족스러웠는지 아직까지 별말이 없었다. 사실 PMC도 빨리 광석을 채굴해 달라고 채근할 수 없었다.

그들도 땅을 파는 일이 얼마나 힘든지 알기 때문이다. 광부가 일하는 땅굴을 막장이라고 한다. 인생 끝까지 간 삶을 막장인생이라고 하지 않는가.

이런 면에 있어서 정부는 오열에게 마냥 광물을 채굴해 달라고 채근할 수가 없었다. 또한 뉴비드 행성의 자원도 중요했지만 이곳 지구의 상황이 더 위태롭기 때문이기도 했다.

일단 지금은 장비를 만드는 것이 가장 시급했다. 각 길드에서 중요한 직책에 있는 사람들은 당연히 장비를 업그레이드하려고 했다.

거대 길드일수록 그런 성향이 더 강했다. 그러다 보니 각 길드에서 만드는 장비가 많아졌다. PMC에서 만드는 것과 겹쳐 오열은 매일 장비를 만들어야 했다.

네트는 많으니 장비를 만드는 것은 어렵지 않으나 마법진을 그리는 것이 오히려 시간이 많이 걸렸다.

사실 그가 가진 기술이라는 것이 몬스터에게서 네트를 추출하여 그냥 장비에 집어넣는 것에 불과했다.

그러니 가능한 돈을 벌 수 있을 때에 많이 벌어야 했다. 돈

버는 기간을 늘리는 것이 바로 마법진이었다.

각 길드의 마스터들이 모여 몬스터에 대하여 날마다 토론하였다. 사람들이 모이고 각자 경험한 경험을 나누니 몬스터에 대한 대처하는 방법들이 조금씩 구체화되기 시작했다.

역시 정부기관보다는 생존에 매달려 잠 안 자고 사냥했던 길드다웠다.

거대 길드가 어느 날 갑자기 생기는 것이 아니다. 치열한 경쟁을 통해 살아남은 길드가 종국에는 거대 길드가 되는 것이다.

한 달 정도 지나자 길드가 의뢰한 장비를 만드는 것이 주춤해졌다.

그 틈을 이용해 오열은 몬스터를 본격적으로 연구하기 시작했다. 몬스터의 생성과 증식, 그리고 진화의 과정을 도표화하면서 일부는 실험을 통해 증명했다. 그러면서 몬스터에 대한 지식이 점차적으로 쌓이기 시작했다.

몬스터는 자신이 감내할 수 있는 양의 에너지를 받아들이면 강해진다. 그런 것이 어느 단계에 이르면 이전과는 비교할 수 없을 정도로 강해진다.

이를 진화라고 한다. 이 진화의 과정에서도 몬스터가 다른 종으로 변하거나 하는 것은 아니다.

변종이 없는 것은 아니나 어류가 갑자기 포유동물이 되는 것은 아니다. 몬스터에게 진화란 생존의 선택에 불과했다.

더 버틸 수 없게 되었을 때 몸의 변이가 생겨나는 것이다. 좋은 쪽으로 변이가 일어나면 이전과는 비교할 수 없는 큰 진화가 일어나는 것이다.

"오열 오빠, 안 자요?"

"응, 자야지."

밤늦게까지 연금실에서 연구를 하자 아만다가 내려와 그를 불렀다. 이전보다 아만다의 얼굴은 창백했지만 특별히 건강이 악화되거나 하지는 않았다.

오열이 이렇게 연구에 연구를 거듭하는 이유 중의 하나도 아만다의 병을 혹시나 고칠 수 있지 않을까 하는 것이었다.

몬스터를 실험하지 않을 때에는 브로도스가 준 노트를 들여다보곤 했다. 진정한 연금술사라고 할 수 없는 그였기에 브로도스의 비전이 담긴 노트의 내용은 이해할 수 없었다.

그래서 몬스터를 연구하는 것이다. 몬스터는 연금술의 좋은 재료이니까 몬스터를 많이 알수록 연금술이 깊어질 수 있는 것이다.

터벅터벅.

오열은 1층으로 올라갔다. 예전에는 기다리다가 먼저 자던 아만다는 요즘은 반드시 같이 자려고 했다.

오열은 그것이 마치 하나의 전조 같아 마음이 아팠다. 그래서 더 열심히 사랑하고 더 좋은 결과를 위해 노력하겠다고 결심했다.

"아빠는 잘 계실까?"

"잘 계시겠지. 보고 싶어?"

"네, 보고 싶어요."

오열은 아만다의 얼굴을 보고 혹시 그녀가 향수병에 걸리지는 않았을까 걱정이 되었다. 그래서 방법을 찾아보기로 했다.

'아, 아바타.'

아만다를 만난 것은 아바타 덕분이었다. 그러자 그녀에게 아바타를 만들어주어야겠다고 생각했다.

아바타를 만드는 것은 어렵지 않다. 그냥 PMC에 가서 신청하면 된다. 그러면 일정한 심사를 거쳐 만들어준다.

오열은 서둘러 아바타를 신청했다. PMC는 별 이의를 제기하지 않고 아바타를 바로 사용할 수 있도록 조치를 취했다.

돌아와서 아만다에게 뉴비드 행성에서 부모님을 만날 수 있는 방법이 있다고 말해주자 그녀의 얼굴이 환하게 빛이 났다. 행복한 미소도 지었다.

오열은 시간을 내어 아만다가 아바타를 만드는 것을 옆에서 지켜보았다.

한 시간도 안 되어 스캔을 마치고 아바타를 사용할 때 생길 문제점에 대해 간단하게 브리핑을 받고 돌아왔다.

"오빠, 고마워요!"

오열은 환하게 웃는 아만다의 모습을 오랜만에 보니 기분이 좋았다. 그리고 보니 가족과 떨어져 살아야 하는 어려움을 그동안 참 몰라줬구나 하는 생각이 들었다.

그녀의 삶도 소중한 것인데. 그것을 너무 당연하게 여겼구나 싶었다.

그는 마땅히 소중하게 여겨야 하는 것을 소중하게 생각하지 않았던 자신의 모습을 되돌아보았다. 왜 사람들은 소중한 것을 잃고서야 그 가치를 알게 되는 것일까?

오열은 아만다가 아프고 나서야 비로소 소중해지기 시작했다. 가끔 자신을 위해 모든 것을 포기한 그녀가 의무감처럼 다가와 싫었었다.

사랑하는 사이에도 빚이나 의무감이 끼어들면 사이는 멀어지게 된다. 마음의 부담감은 서로의 사이를 멀게 한다.

그제야 오열은 자신이 의도적으로 아만다를 보살피지 않았다는 것을 깨닫게 되었다.

그녀가 투정을 부릴 때, 힘들다고 말할 때 마음속으로 빚이 되어 다가왔다. 그것은 부담이 되었고, 일부로 무시하려는 마음이 생겼다.

남을 속이는 것만 잘못이 아니다. 자신을 속이는 것이 더 나쁘다. 자신을 속이는 행위는 자신의 삶이 제대로 잘 가고 있는지를 알지 못하기 때문이다. 그래서 자신을 속이지 않는 것이 중요하다.

오열은 아만다가 갑자기 사랑스러워졌다. 이전에도 그녀

는 여전히 사랑스러웠다. 그런데 지금은 더 사랑스러웠다.

마음이 변하니 모든 것이 순식간이다. 아만다를 가볍게 안아 입을 맞추니 얼굴을 붉히고 가만히 있다. 행복해하면서도 오늘은 또 무슨 날인가 의아한 표정을 기쁨 속에 숨기고 그녀는 미소를 지었다.

아만다가 아픈 다음에 비로소 소중함을 알아채다니. 자신이 미련했다.

오열은 소파에서 일어나 침실로 갔다.

"아만다, 우리 결혼하자!"

"……."

"결혼해 줄래?"

"악!"

아만다가 비명을 지르고 일어나 오열의 뺨을 때렸다. 오열은 이유를 몰라 '왜 그래?' 하는 표정을 지었다.

"바보 오빠! 그런 소리를 지금 해야겠어?"

"난 지금이 제일 좋다고 생각했지."

오열이 아만다를 부드럽게 쓰다듬었다. 마르고 여린 몸매가 붉게 물들었다. 아만다는 부끄러웠다. 이런 상황에서 청혼을 하다니.

아만다가 일어나 오열의 몸을 붙잡았다. 거칠게 신음을 하며 고개를 숙이며 말했다.

"좋아요. 하지만 청혼은 다시 해줘요."

"다시?"

"그게 정상이에요. 안 하기만 해요?"

오열은 이렇게 다정한 시간에 청혼한 것이 뭐가 잘못된 것일까 생각했다.

여자와 데이트도 제대로 하지 못한 그였다. 아만다가 이상한 취향을 가지고 있어서 그에게 반했다. 바쁘고 잘난 남자라 덜컥 따라왔는데 무드가 없어도 너무 없었다.

오열은 몸을 움직이며 어떻게 청혼을 해야 하나 하고 생각했다.

각성하고 사냥하고 땅 파고 레이드하고. 그게 그의 인생이었다. 달콤한 말로 여자들을 기분 좋게 하는 것을 배우지 못했기에 그는 머리가 아파왔다.

* * *

다시 몬스터가 도심에 나타났다. 전보다 강한 몬스터였지만 다행하게도 탱커의 어그로가 먹혔다. 어그로가 먹히자 그 다음부터는 쉬웠다.

특히나 힐러의 힐이 짱짱해지자 딜러의 행동도 과감해졌다. 또한 그동안 바뀐 장비를 착용한 딜러는 몬스터를 두려워하지 않게 되었다. 적어도 몬스터에게 한 방 맞고 그대로 죽을 일은 없어졌다.

이번 몬스터는 아이언호크였다. 뱀처럼 생긴 몬스터는 강하고 빨랐지만 독은 없고 힘은 무척이나 셌다. 거대한 몸은 30미터가 넘었지만 뱀이 그러하듯 길이가 길었지 두께는 2미터 내외였다.

오열은 단단한 껍질을 가진 아이언호크의 몸을 바라보았다. 오늘 새벽에 잠에서 깨자마자 호출을 받았다. 어제 늦게까지 사랑을 나눴기에 출동하는 것 자체가 매우 기분이 나빴다.

"젠장, 내가 안 와도 잡힐 것 같은데 말이야."

뱀의 머리를 피해 탱커가 뒤로 물러나는 것이 보였다. 꼬리가 채찍처럼 변해 휘둘렀지만 딜러들은 쉽게 피했다.

이는 새롭게 강화된 전략지원실 덕분이다. 한국 정부는 미국의 장비를 전격 수입했다. 이를 위해 많은 로비가 있었다.

그동안 미국은 외국에 자신들의 장비를 수출하지 않았다. 그리고 몬스터가 메탈사이퍼에게 통제가 되었기에 필요성을 절실하게 느끼지 못했기도 했다.

아이언호크의 머리에는 각진 뿔이 하나 달렸다. 그 뿔이 위협적이긴 했다. 하지만 탱커는 유능했고 힐러의 힐은 빠르고 날카로웠다.

"언니, 이 장비 짱이다. 힐이 엄청나게 빠르고 양도 많아."

"나도 그렇게 느끼고 있어."

예전에 힐러의 힐은 30%가 손실되었다. 힐이 손실되는 과정에서 속도도 느려졌다.

하지만 지금은 마치 바퀴 달린 자동차처럼 빠릿빠릿하게 힐이 들어갔다. 그리고 부드러웠다.

어쩌다가 탱커가 아이언호크에 공격을 당해도 한번 휘청거릴 뿐 크게 타격을 입지 않았다.

그리고 바로 힐이 들어오니 예전에 몬스터를 상대했을 때와는 천양지차였다.

오열은 그래도 자신이 나서야 배당 금액이 커지는 것을 생각했다. 오지 않았다면 몰라도 왔으니 배당금을 가능한 많이 받을 필요가 있었다. 가방에서 아다티움건을 꺼내 몬스터를 향해 쏘았다.

'저놈은 또 뭘 줄까?'

평범한 던전의 몬스터에게서 네트를 추출할 수 있었다. 그 덕분에 큰돈을 벌었다.

아다티움건이 예열하면서 밝은 빛을 냈다. 그리고 곧바로 총알이 날아갔다.

퍽.

총알이 그대로 아이언호크의 껍질을 뚫고 들어가 박혔다. 아이언호크는 래빗트만큼 예민하지 않아서 다행이었다.

그리고는 그것으로 끝이었다.

마취가 된 뱀은 무척이나 느려졌다. 귀엽게 생긴 눈망울을 보며 오열은 에너지소드를 휘둘렀다.

서걱.

몬스터의 가죽이 베이면서 녹색의 피가 흘러내렸다. 9미터의 낭창낭창한 검기 다발이 괴로워하는 아이언호크의 머리를 뚫고 지나갔다.

쿵.

몬스터의 머리가 땅으로 떨어졌다.

오열은 몬스터의 심장 부위에서 황갈색의 마정석을 꺼내 PMC 측 직원에게 넘겨줬다.

오열이 나서자 메탈드워프들은 철수하기 시작했다. 예전에는 눈에 힘을 주고 째려본 자들이 있었는데 이제는 그런 사람이 하나도 없었다.

오열이 나서는 것이 지극히 당연한 일이고 또 마땅히 그래야 한다는 듯한 태도를 취했다. 그도 그럴 것이 그들이 착용한 장비를 오열이 만들었기 때문이다.

오열은 몬스터의 가죽을 벗기고 피를 한곳에 모았다. 뼈가 특별히 없기에 동강 내어서 가방에 담았다. 오늘은 귀찮기도 하고 생각도 기분도 좋지 않아서였다. 찌뿌듯한 것이 몸이 별로였다.

"수고하셨습니다."

나이트윙에 돌아와 보니 길드원이 그를 반겼다. 장준식도 그를 반겼다. 그가 입고 있는 옷도 오열이 마무리 작업을 한 것이다. 돌아오면서 이런저런 이야기를 했다.

"길드장님께서 만든 이 장비는 엄청납니다."

"그래요?"

"예, 덕분에 던전 사냥이 무척 쉬워졌습니다. 그래서 2층에 머물러 있던 사냥팀이 서서히 3층으로 전진하고 있습니다."

"그래요?"

오열은 새로운 사냥터라는 말에 귀가 움직였다. 사냥 자체에는 그다지 관심이 없지만 어떤 몬스터가 있을지는 무척이나 궁금했다.

이제는 그 스스로가 생각해 봐도 자신은 천생 연금술사였다. 그토록 딜러가 되고 싶어 했지만 역시나 자신은 연금술사일 때 빛이 났다.

처음 그가 연금술사로 각성했을 때를 생각하고는 미소를 지었다.

*　　　*　　　*

오열은 이번에 장비를 교체를 시도한 PMC와 거대 길드 덕분에 큰돈을 벌었다. 개인으로서는 천문학적인 액수였지만 그래 봐야 재벌이나 귀족들에 비교하면 아직 애송이에 불과했다.

그래도 좋았다..돈이야 먹고 쓸 정도만 있어도 되고 어떻게 사느냐가 더 중요하니까.

"헤헤헤."

오열은 빙그레 웃었다. 역시나 이번에도 방울뱀의 심장 뒤에 작지만 녹색의 결정체가 있었기 때문.

방울뱀과 비슷하게 보였던 뱀은 컸지만 귀엽게 생긴 덕에 징그럽지는 않았다. 특히 메탈사이퍼가 자신을 공격할 때 얘네들이 왜 이러나 하는 눈초리가 인상적이었다.

그런 몬스터를 죽이는 것은 기분 좋은 일이 아니었다. 요즘 나타나는 몬스터는 이전의 몬스터들과는 달리 감정표현을 많이 보였다.

무조건적으로 공격하거나 하지 않고 독립된 지성체처럼 행동했다.

한편 몬스터를 키우는 작업은 진도가 느리게 진행되었다. PMC나 길드원이 우려하는 것은 우리를 벗어난 몬스터를 과연 빠른 시간 내에 통제할 수 있느냐에 있었다.

오열 역시 그 부분에서는 장담할 수 없었기에 빠르게 몬스터를 키워서 몬스터의 진화를 규명하는 작업을 할 수는 없었다.

'하지만 몬스터를 이기기 위해서는 몬스터를 연구해야 해.'

몬스터는 인간보다 강하지만 결국은 인간이 이길 것이다. 왜냐하면 인간은 몬스터를 연구하기 때문이다.

오열뿐만 아니라 정부와 학자, 메탈사이퍼가 모두 몬스터에 대하여 연구한다.

비록 그 연구가 피상적이라 할지라도 연구가 축적되면 무시하지 못할 결과물을 가져오니까.

4장

고향 방문

던전 3층.

2층에서 사냥하던 메탈사이퍼가 모두 한자리에 모였다.

이번에도 3층 공략은 길드 단위로 묶었다. 그동안 손발을 맞췄던 팀워크를 무시할 수 없었기 때문이다.

"자, 3층으로 올라가는 것에는 모두들 동의하죠?"

"물론입니다."

가디언스 길드의 오총명 부길마가 말하자 자리에 모였던 리더들이 대답했다.

2층 던전은 이미 포화 상태. 몬스터의 출몰도 예전 같지 않았다. 새로운 몬스터 사냥터가 절실하게 필요한 때였다.

"그럼, 역할 분배를 합시다."

오총명의 말에 중소 길드의 마스터들은 아무런 이의가 없었다. 수색 제7던전은 가디언스가 실질적으로 관리하고 있으니 말이다.

"포츠만 길드가 1조가 되어 제일선에 섭니다. 2조는 가디언스 길드가, 제3조는 더 나이트 길드가 맡으십시오."

오열은 오총명이 하는 말에 말없이 고개를 끄덕이며 수락의 표시를 했다.

요즘 들어 오열은 던전 사냥을 잘 하지 않는다. 장비 부품만 만들어도 엄청나게 돈을 벌고 있으니 말이다. 다만 오늘은 3층으로 사냥터를 넓힌다고 하기에 나왔다.

한동안 회의는 계속되었다. 11개 길드의 참가 인원은 300여 명에 달했다. 2층을 공략할 때 힘들었기 때문에 가능한 많은 사람이 올라가려고 하는 것이다.

2층 광장의 맨 끝에 있는 3층으로 올라가는 동굴 앞에서 오열은 천천히 앞줄을 따라갔다. 길은 S자를 따라 길게 휘어져 있었다. 3층에 도착하니 넓은 광장이 보였다.

3층은 2층보다 더 넓었다. 그런데 공기도 무척이나 탁했다.

"뭐지?"

"왠지 느낌이 좋지 않은데."

메탈사이퍼들이 몸을 움츠렸다. 오랜 시간을 있지는 않았지만 금방 목이 잠길 정도로 공기가 탁했던 것이다.

"젠장, 몬스터고 나발이고 이런 데서 사냥이 되겠어?"

"여기서 사냥을 하려면 방독면이 있어야겠는데."

여기저기서 불평 소리가 튀어나왔다. 하지만 2층 던전은 포화 상태라 새로운 사냥터를 물색해야 하기에 모두 참고 올라갔다.

드디어 길다란 길이 끝나고 저 멀리에 광장이 보였다.

"어……?"

"뭐지?"

던전 상층으로 가면 더 상위의 몬스터가 나타날 것이라고 생각했던 것과는 달리 쥐를 닮은 몬스터가 튀어나왔다.

"헐~"

모두 놀란 듯 보였다.

쥐였다. 1미터가 넘는 쥐. 갈색의 피부에 붉은 눈, 긴 꼬리를 가지고 있는 몬스터로 처음 보는 몬스터였다.

"캬아아악."

"악!"

"엄마야!"

여자들이 쥐를 보고는 놀라 비명을 질렀다. 다른 파티원도 마찬가지였다. 오열은 여자들의 비명을 들으며 피식 웃었다.

그동안 수많은 몬스터를 만났지만 이렇게 생긴 것 때문에 여자들이 비명을 지른 것은 이번이 처음이었다. 원래 몬스터 자체가 괴상하게 생겼다. 특별히 쥐가 더 무섭거나 징그럽게 생긴 것은 아니었다.

"퇴각합시다."

더 볼 것도 없었다. 여자들의 비명 소리를 듣자마자 길드장들이 한목소리로 말했다. 그리고 쥐를 잡아봐야 나올 것은 없었다. 게다가 쥐가 한두 마리도 아니다. 광장을 가득 메운 쥐들을 보니 어쩐지 찜찜했다.

오총명 부길드마스터가 오열에게 찾아왔다. 다른 길드의 마스터들도 모두 같은 생각이었다. 쥐를 잡아 뭐하겠냐는 말이었다.

"뭐, 그렇다면야."

오열도 고개를 끄덕였다. 더 나이트의 길드원도 퇴각에 모두 찬성했다. 더 나이트 길드원의 3분의 1이 여자들인지라 그녀들이 기겁을 했기 때문이다.

"찌이이이이이익! 찍찍."

"찍찍."

그런데 쥐들이 모여들기 시작했다. 조금 더 지체하면 퇴각하기도 힘들 것이라는 생각에 파티원이 모두 한꺼번에 2층으로 내려왔다. 오열은 몰려드는 쥐들을 보며 피식 웃었다.

'너희도 수고가 많다.'

3층은 카오스에너지가 탁해 정상적인 몬스터도 살 수 없고 쥐과의 몬스터만이 있었다. 서둘러 퇴각을 하는데 쥐들이 더 빨랐다. 후미에 남은 메탈사이퍼가 쥐 떼의 습격을 받은 것.

"으악! 저리가!"

"어머머!"

뒷줄에 있던 파티원이 비명을 지르며 후퇴했다. 퇴각이 여의치 않자 탱커들이 뒤쪽에 배치되었다. 하지만 이도 쉽지 않았다. 쥐 떼의 습격이 예상을 넘은 것.

"힐!"

"힐, 힐을 줘!"

탱커들이 소리를 질렀다. 힐러들은 인상을 찡그리고 마지못해 힐을 줬다.

"뭐야?"

"쥐새끼들이 왜 이리 강해."

덩치가 커서인지 쥐들은 무척이나 호전적이었다. 또한 쥐가 한두 마리씩 움직이는 것이 아니었다. 주로 10여 마리가 한꺼번에 움직였다.

"이거 생각보다 강한데."

수색 7던전에서 사냥하는 메탈사이퍼는 길드 중에서 가장 강한 이들이 모였다. 따라서 장비도 좋을 수밖에 없다.

적어도 3층에 올라왔던 300여 명의 메탈사이퍼 중에서 반이상은 오열이 만든 새로운 장비로 교체한 이들이었다.

그중에서 탱커들은 당연히 가장 먼저 장비를 교체했다. 그런데 그들이 힘들다고 비명을 질렀다. 역시 다굴에는 장사가 없는 법. 쥐 떼의 공격은 날카로웠다.

"빨리 가자!"

오열은 발걸음을 재촉했다. 그 역시 퇴각을 결정했는데 쥐새끼를 상대하고 싶은 마음이 하나도 없었기 때문.

"길드장님. 오미희 힐러가 위험합니다."

"뭐?"

더 나이트 길드는 뒤쪽에 있어서 가장 빨리 내려오고 있었는데 이 무슨 말이란 말인가?

오열은 이해가 되지 않아서 고개를 갸웃거렸다.

"동생이 뒤쪽에 있었다고 합니다."

"쩝! 왜 길드원이 마음대로 자리를 이동하고 난리야?"

"죄송합니다."

장준식 부길마가 난처한 얼굴로 대답했다. 길드원을 통솔하는 것은 전적으로 그의 영향력 아래 있었다.

오열은 짜증이 났지만 천천히 몸을 돌렸다. 얼마 전에 몬스터의 난동으로 길드원 중에서 사망자와 부상자가 있었기에 여기서 더 이상의 불상사가 일어나면 곤란했다.

이것은 더 나이트 길드뿐만 아니라 다른 길드도 마찬가지였다. 오열은 뒤로 가면서 소리를 질렀다.

"비켜요!"

내공을 끌어내어 소리를 질렀기에 작은 소리에도 불구하고 멀리까지 퍼졌다.

오열의 소리에 3층에 올라왔던 파티원이 일제히 반응했다. 마치 모세의 기적처럼 양쪽으로 갈라져 길이 나타났다.

"먼저 몬스터를 퇴치하고 후퇴합니다."

그때 오총명 부길마의 말이 던전을 울려 퍼졌다. 쥐와 전투를 꺼렸지만 그렇다고 두려워한다는 것은 아니었다.

굳이 공기도 탁한 곳에서 혐오스러운 쥐를 사냥할 필요가 없다고 생각했기 때문에 퇴각한 것뿐이었다. 그런데 뒤쪽에서 전투가 벌어졌다면 일단 퇴각을 보류하는 것이 옳았다.

명령이 내려지자 파티원은 모두 무기를 뽑아 들고 쥐를 향해 달려들었다. 대대적인 전투가 있었다.

쥐는 많았고 거칠고 강했다. 피통(HP)도 많아 대처가 쉽지 않았다.

"어, 이것들 봐라."

오열은 쥐 떼가 강한 것을 보고는 서둘러 뛰어갔다. 에너지소드에서 붉은 검기가 빠져나왔다.

"비켜!"

오열이 소리를 지르자 앞에서 탱커 역할을 했던 사람들이 뒤로 빠졌다. 수십 마리의 쥐 떼가 오열을 향해 몰려왔다.

"하하하하. 쥐새끼들아, 와라!"

오열이 소리를 지르고 에너지소드를 휘둘렀다. 검기가 낭창낭창하게 휘어져 사방으로 흩어졌다.

펑.

펑.

오열의 에너지소드에 맞은 쥐가 풍선 터지듯 터졌다.

"와우!"

"죽이는데."

탱커들이 앞장서서 막고 있었던 쥐 떼가 순식간에 죽어갔다. 오열도 자신의 에너지소드에 맞아 죽는 몬스터를 보며 의아했다. 너무 쉽게 죽었던 것이다.

"찍."

"찌찍."

쥐들이 위험을 감지하고 뒤로 물러나기 시작했다. 몬스터치고는 쥐들은 상당히 영리했다.

"어……?"

오열은 이해할 수 없었다. 강하다고 해서, 피통이 큰 몬스터라고 해서 힘껏 휘둘렀는데 의외로 몬스터가 너무 약했다.

"왜지?"

오열은 고개를 좌우로 가볍게 흔들었다. 그러나 주위에서는 오열의 놀라운 무위에 감탄을 터뜨렸다.

"역시! 길마님이셔."

"우리 길마님 엄청 강해. 역시 짱짱맨이셔."

"완전 후덜덜하네."

"역시."

오열은 그동안 거대 몬스터와 싸우다가 오늘 같이 작은 몬스터를 상대하려다 보니 힘 조절이 안 되었다.

오열은 드래곤급 몬스터인 나르테스를 죽이고 나서 엄청난 기연을 얻었다. 아마스트라스 숲의 주인이라고 자처했던 나르테스가 움직일 수 없었던 몸이 아니었다면 아마도 오열은 살아남지 못했으리라.

그리고 그 후에 몇 번 사냥을 했지만 모두 도심에 나타났던 거대 몬스터였었다.

오열은 쥐의 심장에서 마정석을 채취하고 또한 쥐의 가죽과 뼈를 주머니에 담았다. 하급 마정석일 것이라고 생각했는데 의외로 중급 마정석이 나왔다.

'꽤 짭짤한 사냥터네.'

지저분한 쥐 떼이기는 하지만 몰이사냥이 가능한 던전이었다. 하지만 기겁하는 여자들을 보며 오열은 사냥할 생각을 접었다. 이제 돈도 궁하지 않았기에 던전 사냥에 그다지 관심이 없었다.

"자, 갑시다."

"예, 길드장님."

오총명이 옆에서 재빠르게 대답했다. 마치 오열이 가디언스 길드의 마스터라도 된 듯 정중하기 그지없는 태도였다.

오총명은 오열을 보며 '역시 이 인간은 보통 놈이 아냐. 거의 괴수급이야' 하고 속으로 외쳤다.

몬스터가 나타난 다음 힘이 모든 것인 세상이 되었다. 여전히 권력자들이 세상을 움직이고 있지만 그들 역시 메탈사이퍼의 도움 없이는 이제 세상을 운영해 나갈 수 없게 된 것.

메탈사이퍼.

이제 세상은 메탈사이퍼의 활약 없이는 존재할 수 없게 되었다.

3층에 있는 쥐 떼는 2층에 있는 몬스터보다 강하지는 않지만 그렇다고 터무니없게 약하지도 않았는데 사냥하기가 더욱 어려웠다.

일단 쥐 떼는 한두 마리가 아니어서 한두 파티로 사냥을 시작하면 순식간에 전멸할 수 있을 정도로 엄청난 수였다.

또한 작은 체구에 비해 체력형 몬스터라 쉽게 잡히지도 않았다. 가장 중요한 것은 쥐 떼가 일사불란해서 우두머리가 공격을 하면 조직적으로 공격을 해왔다.

그런데 그런 쥐 떼가 오열의 공격 몇 번으로 모두 도망을 갔다? 있을 수 없는 일이다. 압도적인 전력 차가 생기지 않았다면 쥐 떼는 도망가지 않았을 것이다.

오열은 사냥을 마치고 그냥 집으로 돌아왔다. 3층으로 진출하자는 그동안의 의견은 당연히 기각이 되었다.

오열은 여자들이 기겁하기 때문에 3층을 포기한다는 말을 듣고서 피식 웃었다.

힐러가 가지 않겠다고 하면 별수 없는 법이다. 쥐나 뱀, 바퀴벌레와 같은 것은 여자들이 가장 혐오하기에 강요할 수는 없다.

"아깝네."

순식간에 몰려든 쥐 떼의 숫자는 거의 1백여 마리나 되었었다. 그중에 다른 메탈사이퍼에게 죽은 몬스터가 있었고 오열이 죽인 것도 있었다.

쥐 떼가 도망을 간 것은 쥐들이 죽을 때 몸이 터져서 죽었기 때문이다. 위기 감지 능력도 뛰어난 편에 속했다.

'젠장, 나만 괴물이 되어가는군.'

하지만 누구라도 강해지지 않으면 진화한 거대 몬스터를 막을 수가 없다.

"아만다, 나왔어."

오열이 문을 열고 소리를 질렀다. 조용했다. 늘 거실에서 기다리던 아만다였다.

'어, 이상한데.'

오열은 방 안으로 빠르게 달려갔다. 방 안에서 아만다가 커다란 아이스크림 통을 끌어안고 입안 가득 퍼먹고 있었다.

"아만다……?"

"자기야!"

아만다가 오열을 보자마자 아이스크림 통을 집어던지고 달려왔다.

'휴우.'

오열은 혹시나 아만다에게 무슨 일이 생기지 않았을까 걱정하였지만, 무사한 모습을 보니 안도가 되었다.

아만다의 병명은 유전자의 결함인데, 그녀가 다른 행성 사람이라 원인조차 파악하지 못하고 있었다.

포탈 실험의 대상자였던 함뮤트 대륙의 노예들을 통해 유전자를 연구한다는 PMC의 언급만이 한가닥 희망이 되었다.

'왜 그녀가 아플까?'

원래부터 유전자에 결함이 있었다면 몰라도 포탈의 영향 탓이라면 오열은 큰 죄책감을 가지게 될 것이다.

이는 PMC가 사전에 경고했던 부분이었다. 안전을 담보할 수 없는 차원이동이라고. 하지만 아만다의 결심이 워낙 확고하여 어떻게 할 수 없었다.

'젠장.'

오열은 아만다를 안고는 나지막하게 불만을 토해냈다. PMC가 연구를 하는 것은 오열에게는 또 다른 빚으로 남게 될 것이다.

광물 채광은 물론 현실 세계에서 거대 몬스터를 퇴치하는 데 오열의 도움이 절실한 정부로서는 어떻게 해서든지 빚을 남겨두고 싶어 했다.

그러기에 앞으로 정부가 어떤 요구를 해오면 거기에 응할

수밖에 없는 처지가 되어버린다. 짜증나는 일이지만 어찌할
수가 없다.

"자기. 나, 우리의 아기를 가지고 싶어."

"어……?"

오열은 자신의 옷을 벗기고 무조건 달려드는 아만다를 보
며 난감했다.

하지만 아만다는 불임일 확률이 높았다. 하지만 그녀가 아
주 간절하게 아기를 원하고 있으므로 사실대로 말할 용기는
없었다. 더욱이 아직은 확정적인 것이 아니기 때문에.

"아기보다 우리 부모님 먼저 뵈어야지."

"아, 맞다. 언제가 좋을까?"

아만다는 오열의 말에 환하게 웃었지만 상당히 신경 쓰이
는 눈치였다.

오열이 아만다의 부모를 만났을 때와는 사뭇 달랐다. 오열
의 경우는 아바타로 접속했었기에 부담감이 거의 없었다. 그
리고 그때는 오스만 왕국이 전쟁 중이었었고.

"가능한 빨리 가자."

"응."

아만다는 기쁘면서도 불안한 표정을 지었다. TV나 영화를
보고서 한국의 사정에 대해 아는 바가 생겼는지 시부모 될 사
람을 어려워했다.

다행스러운 점은 아만다의 한국어 실력이 상당히 늘었다

는 것이다.

저녁을 먹고 오열은 오랜만에 부모님께 전화를 했다. 신호
가 가자마자 얼마 안 있어 오열의 모(母) 오수련이 전화를 받
았다.

[여보세요?]

"엄마, 저 오열이에요."

[그래! 아들, 몸은 괜찮은 거지?]

"네, 전 건강하니 걱정하지 마세요."

[몸조심해야지. 험한 일을 하는데…….]

"엄마, 나 엄마에게 소개시켜 줄 여자가 있어요."

[정말이니?]

전화기 너머에 들려오는 목소리 톤이 달라졌다. 기뻐하는
어머니의 목소리에 오열은 마음이 뭉클해졌다. 오직 아들만
을 생각하는 것이 수화기를 통해서 전해져 왔던 탓이다.

"응, 저번에 이야기했던 그 사람이야."

[외국 여자라고 했었지?]

"네, 하지만 국적은 한국이에요."

[그래, 네가 좋다면야… 엄마도 찬성이다.]

엄마는 물론 아버지도 외국 여자를 며느리로 맞이하는 것
에 대해서 별로 좋아하지 않으신다.

한국에 외국인이 많아져서 인구의 상당수가 다국적자지만

그래도 아직까지 결혼은 외국인과 하는 경우는 많지 않았다.

[그래, 언제 오니?]

"이번 주 토요일에 갈게요. 마을 사람들에게는 알리지 마
세요."

[알았다. 네 얼굴이 많이 달라졌는데… 할 수 없지.]

오열이 붉은 늑대 길드를 상대로 사고를 쳐서 성형수술을
받았기에 마을 사람들을 대하기가 껄끄러웠다.

몇 번 시골에 내려갔을 때에도 그런 이유 때문에 오래 있지
않았다.

마을이 다가올수록 오열의 마음은 복잡했다.

처음으로 집에 아만다를 소개시키는데 부모님이 마음에
들어 하셨으면 하는 마음뿐이었다.

아만다의 약점은 역시 외국인이라는 것. 하지만 성격도 좋
고 예쁘니 어떻게 되겠지 싶었다.

전화로 아버지나 어머니 모두 '네가 좋으면 나도 좋다'고
말씀하셨지만 그것은 그냥 하시는 말씀이리라.

집이 가까워 오자 오열은 역시나 대문 앞에서 서성이는 어
머니를 볼 수 있었다. 집 옆에 붙어 있는 슈퍼는 오늘 하루 아
예 문을 닫았다. 오열은 차에서 내리자마자 소리를 질렀다.

"엄마!"

오열이 차에서 내리자 초조하게 대문에서 서성거렸던 오

수련이 고개를 들고 환하게 웃는다.

"오열아, 왔어?"

"네, 왜 나오셨어요. 어련히 알아서 찾아 들어갈 텐데."

"이 녀석이, 엄마 마음도 모르고."

오수련이 아들 이오열의 등짝을 때렸다. 때린다고 때렸지만 자기 자식이 귀여워서인지 힘은 하나도 실려 있지 않았다.

"엄마, 이쪽은 내 애인 아만다 샤프란."

"어서 와요."

"안녕하세요. 아만다 샤프란이에요."

오수련은 아만다의 미모를 보고 조금 놀란 표정을 지었다. 아들 녀석이 왜 외국 여자와 결혼을 하려는지 알겠다는 표정이었다.

"어서 들어가자. 아버지가 기다리신다."

"네."

오열은 아만다의 손을 잡고 집 안으로 들어갔다. 집은 2층 양옥으로 시골에 흔히 있는 집처럼 평범했다.

"왔니?"

"네, 아버지. 이쪽은 아만다 샤프란이에요."

"험, 험. 어서 오시오."

"안녕하세요. 아만다 사프란이라고 합니다."

아만다가 약간 긴장한 채 말했다. 오열은 재빠르게 '아버지 절 받으셔야죠' 하니 '절은 무슨?' 하면서 자리에 앉았다.

"당신도 앉아. 아들 며느리 절은 받아야지."

"호호. 그래야죠."

오수련이 남편 옆에 앉았다.

오열은 부모님께 인사를 하면서도 감정이 이상야릇해졌다. 절을 하는 것은 이제 배우자를 찾았다고 부모님께 말씀드리는 것이고, 이는 이제 부모의 품을 벗어나 독립을 하겠다는 의사표시이기도 했다.

오열이 절을 하자 아만다도 따라했다. 절을 하는 모습을 유심히 지켜보던 이영호는 빙그레 웃었다. 며느리가 될 아만다가 마음에 들었기 때문이다. 아들이 돈을 잘 번다고 하더니 영락없이 미인을 데리고 왔다.

그는 오열이 매달 보내오는 생활비가 너무 많아 다달이 저축을 하고도 남아 소일 삼아 하는 슈퍼도 이제는 오후 5시면 문을 닫는다. 덕분에 요즘은 여행을 가끔 다니기도 했다.

이영호는 아들을 물끄러미 바라보았다. 내심으로 무척이나 대견했다. 가난한 집안에 태어나 제대로 뒷바라지도 못해 줬는데 제 혼자 능력자로 각성하여 길드의 마스터가 되었다고 하니. 이영호는 흐뭇한 눈빛으로 아들을 바라보았다.

"그래, 결혼은 언제할 거냐?"

"이이는. 보자마자 결혼 이야기를 해서 왜 애들 부담 가게 만들어요?"

오수련이 남편에게 핀잔을 준다. 덕분에 분위기가 조금 부드러워졌다.

"곧 해야죠. 곧."

오열이 재빨리 대답을 했다. 오열의 말을 들은 아만다가 얼굴을 붉혔다. 덕분에 하하 호호하는 분위기가 형성되었다.

"밥 안 먹었지?"

"네."

"금방 내오마."

오수련이 종종걸음으로 식탁으로 갔다. 곧이어 식사가 나왔고 이런저런 대화가 오갔다. 아만다가 성격이 좋아 오열의 부모님과도 쉽게 친해졌다.

"아버님은 정말 잘생기셨어요. 우리 오열 씨도 무척 잘생겼었는데 이제는 너무 이상해졌어요."

"뭐……?"

이영호가 이게 무슨 말이냐는 눈빛으로 아만다를 바라보았다. 그러자 아만다는 솔직하게 자신의 생각을 말했다. 예전이 더 잘생겼었다고 하자 껄껄 웃었다.

"역시 본 얼굴이 최고지."

"이이는, 지금이 낫지 뭘."

"어허, 며느리가 말하지 않았소. 예전이 낫다고. 그건 모두 내 유전자를 타고 나서 그런 것이오. 어험."

이영호의 목소리에 힘이 들어갔다.

"그런데 이 얼굴이 못생겼다고?"

오수련이 아들 얼굴을 가지고 뭐라고 하는 아만다가 마음에 들지 않았는지 되물었다.

"네, 제가 살던 곳에서는 거지도 잘생겼어요."

"험험, 우즈베키스탄에서는 이태희가 밭을 간다고 하더니 너희 나라도 그런가 보구나."

"이태희요? 그 여자보다는 제가 더 예뻐요."

"하하. 물론이다. 며느리가 더 예쁘지. 암, 암!"

이영호가 아만다의 말에 껄껄 웃었다. 그때였다.

"영호 형님 계슈?"

갑자기 밖에 손님이 찾아왔다. 동네 백수 오동팔이다. 그는 성격이 좋아서 동네에서 오지랖이 제일 넓다고 공인받은 남자다.

"아니, 저놈이 이 중요한 때에 왜 나타나서 말이야."

이영호가 인상을 찌푸린다. 시골이라 대문을 닫아두지 않은 것이 불찰이었다.

오동팔은 이미 대문을 넘어 현관문을 열고 들어왔다. 오열이 일어나 현관문으로 갔다. 어릴 때 오동팔에게 많이 맞기도 했지만 맛있는 것도 많이 얻어먹기도 해서 유감은 없다.

"안녕하세요, 아저씨."

"어, 넌 또… 누구십니까?"

"저 오열이에요."

"오마나! 니가 참말로 그 찌질이 오열이라? 와 이렇게 잘생겨졌노?"

"공사 좀 했습니다."

오열의 말에 오동팔이 심하게 고개를 끄덕였다. 공감을 한다는 듯이 잘생겨진 오열의 얼굴을 바라보았다.

"하긴 이 얼굴이 참말로 백배는 낫다. 예전 얼굴로는 여자들에게 텃어. 그런데 웬일이냐? 네가 집에 다 오고. 무척 바쁜 것 같더니."

"뭔 일로 왔어?"

이영호가 퉁명스럽게 말을 하자 '참말로 형님, 섭섭합니다. 오열이 왔으면 당장 저를 불렀어야죠. 제가 얼마나 오열이를 아꼈는데요' 한다.

오열은 옆에서 '그건 아닌데' 하고 대답했다.

그때 아만다가 빼꼼히 고개를 내밀었다.

"오마나, 저 여자는 누구야?"

"알아서 뭐하게?"

"하하. 너 결혼하냐?"

"아, 네. 뭐……."

"니가 돈을 많이 번다고 하더니 참말이구나. 술이나 한 잔사라."

"아, 네. 뭐……."

"쉰 소리 하지 말고 다음에 와. 내가 너 코가 삐뚤어질 때까지 사줄 터니."

"아따 형님, 섭하게. 그럼 약속했소."

오동팔이 재빠르게 문을 열고 바람같이 사라졌다. 그 모습을 보고 이영호가 '이제 동네방네 소문이 다 나겠네' 했다.

오열은 씁쓸하게 웃었다.

점심을 먹고 이런저런 이야기를 나누다가 집을 나섰다. 원래 잠시 들리기로 했는데 예상보다 더 많은 시간을 보냈다.

돌아오는 길에 오열은 이런저런 생각을 했다. 이제 부자가 되었으니 여자들에게 주눅이 들지 않겠지만 한때 찌질하게 살던 때가 있었다.

'그 여자는 잘 사나?'

갑자기 자신의 첫사랑이었던 여자가 궁금해졌다. 자신이 좋아한다고 고백했을 때 '너 따위가 감히 날 좋아해?' 하던 그녀는 도대체 어디서 얼마나 잘 사는지 몹시도 궁금했다.

아만다는 오열이 한동안 말이 없자 조수석에 가만히 앉아 있었다. 그녀는 오늘 상당히 피곤했다. 긴장하지 않으려고 해도 아주 많이 긴장이 되었다. 그래도 오열의 부모님이 자신을 좋아해 줘서 다행이라고 생각하며 입을 열었다.

"나 오늘 잘한 거야?"

"응?"

아만다의 뜬금없는 말에 오열이 피식 웃으며 대답했다.

"어, 잘했어. 부모님이 좋아하시더라."

"정말……?"

"어."

아만다가 안도의 한숨을 내쉬며 다시 자신만의 상상의 세계로 가버렸다.

오열은 운전을 하면서 그래도 하나의 관문이 통과된 것에 만족했다. 사실 그도 부모님이 반대하시면 어떻게 하나 걱정하였지만 무난하게 넘어간 것 같았다.

부모님 표정을 보니 그런대로 아만다를 좋아하시는 것 같아 마음이 한결 편해졌다.

"왜 이러지?"

"사고가 났나요?"

"나야 모르지."

갑자기 고속도로가 정체되기 시작하더니 이제는 거의 꿈쩍을 하지 않았다. 도로가 주차장이 되어버렸다.

위이잉.

"저건 또 뭐야?"

승용차 한 대가 갓길을 타고 달렸다. 그러자 그 승용차 뒤로 몇 대가 뒤를 따라붙었다. 오열도 유혹을 느꼈지만 참았다.

시간이 지나면서 길이 트이기 시작했다. 그렇게 한참을 가다가 보니 갓길로 가던 그 자동차가 무더기로 걸려 경찰에게 딱지를 떼이고 있었다.

“하하.”

오열은 갑자기 기분이 좋아졌다. 사필귀정이라. 저런 것들은 과감하게 정의의 심판을 받아야 한다고 생각했는데, 생각해 보니 딱히 누구에게 피해를 입힌 것은 없었다. 단지 교통 법규를 어겼을 뿐이었다.

20분을 더 가니 교통사고가 났는데 덤프트럭이 중앙의 가드레일을 박았다. 무수한 차가 피해를 입고 갓길에 주자되어 있었다.

“와우!”

“어머!”

오열과 아만다가 동시에 함성을 터뜨렸다. 중앙 가드레일은 콘크리트로 되어 있었는데 콘크리트의 작은 파편이 반대편은 물론 이쪽 차선에도 날아갔다.

때문에 콘크리트 파편에 맞은 차들은 크고 작은 흠집이 생겼다. 그 숫자가 거의 30여 대나 되었다.

왜 교통이 그렇게 막혔는지 알 수 있는 대목이었다. 오열은 그 엄청난 차들을 보며 중얼거렸다.

“견적이 엄청나게 나오겠네.”

“견적이 뭐야?”

오열이 아만다에게 견적에 대해 자세하게 설명을 해줬다. 또 중간에서 한 번 더 자동차 사고가 난 차량이 있어 서울에 도착했을 때에는 이미 늦은 저녁이 되었다. 차에만 있다 보니 배에서 꼬르륵하고 소리가 났다.

"가까운 데 가서 밥이나 먹자, 아만다."

"응, 나 배고파."

오열은 빙그레 웃었다.

땅거미가 도시 위로 내려앉을 때쯤 오열과 아만다는 간이 식당에 들릴 수 있었다.

5장

힘을 가진 자

지이잉.

"아 놔, 이게 또 뭐야?"

며칠 전부터 이상하게도 알 수 없는 번호로 걸려오는 전화
가 많았다. 당연히 받지 않았다. 그럴수록 상대방은 집요하게
전화를 해댔다.

"뭐야?"

오열은 결국 참지 못하고 전화를 받았다.

"뭡니까?"

오열은 잔뜩 뿔이 나서 딱딱하게 전화를 받았다. 수화기 너
머에서 감격스러운 어조로 중년의 남자가 말을 해왔다.

[이오열 님이시죠? 저는 이산은행장 이박이라고 합니다. 전화 통화가 되어서 무척이나 반갑습니다.]

"뭐죠?"

오열이 삐딱한 어조로 되물었다. 상대를 당황하게 만들 정도로 차가운 말이었으나 상대는 오열의 말에 전혀 개의치 않았다.

[장일은행과 거래를 하고 계시죠?]

"네, 그런데요."

여전히 오열의 말에는 날이 서 있었다.

[혹시 모르고 계셨습니까? 장일은행이 조만간 거래 정지된다는 사실 말입니다.]

"그래요……?"

처음 듣는 소리다. 장일은행은 국내 굴지의 대형 은행으로 은행 서열 4위이다. 그래서 은행에 돈을 넣어놓고도 안심을 하고 있었다.

[은행이 거래 정지가 되면 6억까지만 정부에서 지급보증을 해주고 나머지는 모두 되찾을 수 없습니다.]

"어, 그게 무슨 소리죠?"

[모르고 계셨습니까? 6억 이상 되는 돈은 모두 공중으로 사라지는 것이죠. 그래서 저희 은행에서 이오열 님의 돈을 유치하고자 연락을 드린 것입니다.]

"그래요? 일단 알아보고 그 말이 확실하면 이 번호로 다시 전화드리죠."

[네, 언제든지, 그리고 아무 때나 전화를 주십시오. 기다리고 있겠습니다.]

오열은 갑작스러운 전화에 망치로 머리를 격하게 맞은 듯한 충격을 받았다.

그동안 벌어들인 돈을 아무 생각 없이 그냥 은행에 예치하고 있었다. 어떤 곳에 투자를 하라는 말은 듣기는 했지만 무시했다. 은행에 저금하는 것이 가장 마음 편했다.

오열은 인터넷으로 잔액 조회를 했다. 통장 잔고는 약 1조 6천억 정도가 있었다.

모두 최근 3개월 내에 벌어들인 돈이 대부분이었다. 물론 메탈사이퍼의 장비를 교체해 주고 번 돈들이었다. 오열은 장일성 소장에게 전화를 했다.

[어, 오열 군. 무슨 일인가?]

"장일은행이 거래 중지된다는 말이 있던데 알아봐 주실 수 있나요?"

[아, 이산은행장이 전화를 했었나 보군. 내가 은행장에게 자네에게 전화를 해보라고 했네. 아직 확실한 것은 아닌데, 은행장과 이사진 중에서 몇몇이 공금 유용과 파생 상품에 투자를 했다가 손실을 입었다고 하더군. 이박은 내 친구이니까 믿어도 되네. 자네뿐만 아니라 큰손들에게는 미리 연락을 했을 걸, 아마도.]

"아, 그렇군요. 고맙습니다. 다음에 밥 사겠습니다."

[밥 가지고 되겠나? 자네 돈이 엄청 많을 텐데 말이야. 허허
허.]

"공무원이시잖아요."

[허허, 업무상 청탁만 아니면 괜찮네. 잘 부탁하네.]

"……."

[농담이니 신경 쓰지 말고 조만간 한번 보세.]

"아, 네."

[바빠서 먼저 끊네.]

딸각.

전화가 끊기고 나서 오열은 바로 이산은행장인 이박에게
전화를 걸었다.

그는 전화를 받자마자 바로 집으로 달려왔다. 몇몇의 실무
진과도 같이 왔는데 이미 통장을 하나 개설하여서 왔다.

먼저 통장을 만들고 거기에 이름을 적어 넣는 식이었다. 번
갯불에 콩을 구워먹듯 순식간에 일이 처리되었다. 장일은행
쪽에서도 이미 예상을 했는지 군말하지 않고 이체를 해줬다.

"고맙기는 한데 이렇게 큰돈을 맡긴 사람들에게만 연락을
하면 불공평한 것 아닌가요?"

"네, 물론 그렇습니다. 하지만 정부나 장일은행 모두 지금
과 같은 것을 원합니다. 어차피 은행이 망할 때 큰돈을 가진
물주들이 남아 있으면 은행을 처리하는 데 여러 모로 힘든 점

이 남게 되니까요."

오열은 이해가 되지 않아 고개를 좌우로 흔들고 그에게 되물었다.

"그게 무슨 말이죠?"

"모두 그런 것은 아니지만 돈을 가진 사람 중에는 힘을 가지고 있는 사람이 많습니다. 그들이 로비를 하면 정부도 힘들어집니다. 은행을 해체하거나 관리 대상으로 만들 때에 어려움이 있습니다."

"그게……?"

"쉽게 말해 그들은 정관계에 많은 지인을 가지고 있지요. 한두 푼도 아니고 많은 돈을 잃게 되는 그들이 필사적으로 로비를 하게 되면 정말 힘듭니다. 그래서 불합리한 것을 알지만 알게 모르게 큰돈을 맡긴 전주들에게 미리 연락을 하는 것이지요."

"그렇겠군요."

이박의 말을 듣고서야 오열은 고개를 끄덕였다. 생각해 보니 자신도 장일은행이 파산을 해서 돈을 날리게 된다면 가만히 있지 않고 모든 연줄을 동원하려고 했을 것이다.

아마도 정부와는 거대 몬스터가 나타났을 때 태업을 함으로 압력을 가하려고 했을 것이다. 아마도, 아니, 거의 확실하게 그랬을 것이라는 생각을 하자 고개가 저절로 끄덕여졌다.

"그럼 6억 이상의 돈은 어떻게 합니까?"

이박이 빙그레 웃었다.

"큰돈을 굴리는 가장 큰 원칙은 안전성이죠. 요즘 이자는 얼마 안 되니까요. 가장 좋은 방법으로 두 가지입니다. 하나는 국채를 사는 것이고요, 두 번째는 땅을 사는 것이죠."

"국채요?"

"국가가 발행하는 채권은 국가가 망하지 않는 한 안전하지요. 또한 은행 금리보다도 이자가 높습니다. 두 번째인 땅은 요즘 몬스터의 출몰로 인해 예전과 같이 안정적이지는 않습니다. 그래서 현재는 두 가지를 병행하실 것을 추천해 드립니다. 국채 매입과 업계 최고에 해당하는 회사의 주식을 사는 것입니다. 물론 국채만 한 주식은 없으나, 주식은 수익률이 좋지요. 망하지 않을 회사는 많고, 또 망하기 전에는 반드시 징조가 있으니 그런 위험이 있으면 미리 매각하면 됩니다."

오열은 그제야 왜 은행이 망하면 소액을 맡긴 사람들만 당하는지 알게 되었다.

가진 자의 횡포임에는 틀림없으나 세상이 돌아가는 것이 힘을 가진 자 위주인 것은 부인할 수 없다.

오열은 이박 은행장의 추천대로 대부분의 돈을 국채를 매입하는 데 썼다.

주식도 몇 종류 샀다. 그렇게 되자 통장의 잔고가 다시 형편없이 떨어졌다.

"너무 많이 샀나? 장비를 또 만들어서 팔면 되겠지."

사실 네트를 추출하는 기술을 메탈드워프가 안다면 별거 아니지만 이는 연금술사가 아니면 거의 알 수가 없는 내용이다.

게다가 오열이 만든 제품은 마법으로 봉인을 해놓았으니 안심해도 된다. 또한 가장 중요한 에너지스톤은 오직 PMC와 오열이만이 가지고 있으니 사실 기술을 알아도 그다지 실효성은 없다.

어쨌든 남이 모르는 기술을 가지고 있어야 돈이 된다는 것은 진리에 가까웠다.

'빡칠 뻔했네.'

돈은 날리지 않았어도 찝찝했다. 결국 돈 많은 사람은 피해가고 없는 사람들만 고통을 받는 것은 옛날이나 지금이나 별반 달라지지 않았다.

시간이 느리게 지나갔다. 오열은 가끔 장비를 만들어주고 돈을 버는 것 외에는 하는 일이 없었다.

그러는 사이 기다리던 아만다의 아바타가 드디어 완성되었다. 3달간의 숙성 기간을 통해 드디어 완성이 된 것이다. 오열과 아만다는 함께 아바타에 접속하여 함뮤트 대륙으로 떠났다.

"와, 너무 신 나요."

아만다가 슈트를 착용하고 하늘을 나는 연습을 하다가 절

벽에 부딪힌 것 외에는 별다른 일은 없었다.

'아, 또 땅을 파야 하나?'

아바타를 만드는 것이야 돈만 주면 만들 수 있지만 방어복을 만드는 것은 그렇지가 않았다.

아무리 아바타라고 하지만 아만다가 슈트 없이 아마스트라스 숲을 빠져나가는 것은 불가능했기에 조금 무리를 했다.

아바타는 한 번 만들어놓으면 거의 반영구적이기에 투자를 아끼지 않았던 것이다.

오열 또한 아만다와 결혼 허락을 받기 위해서는 어차피 이곳에 꼭 와야 했다.

"아, 맞다!"

"아, 깜짝이야. 자기야, 나 떨어질 뻔했잖아요."

오열의 옆에서 비행 연습을 하던 아만다가 몸이 기우뚱해지는 것을 겨우 바로 잡으며 말한다.

"아만다, 내가 하는 것을 하자."

"응, 자기가 하는 거면 나도 좋아."

"어쩌면 효과가 있을 수 있어."

아만다가 만든 아바타는 오열이가 만든 것과 똑같은 기종이다. 성장형 아바타며 영혼의 각인 효과가 인체에 그대로 연결된다.

'어쩌면 효과가 있을 수도 있어.'

아만다가 아픈 것은 어쩌면 마나가 희박한 지구에 와서인지도 모른다. 그렇다면 아바타를 통해 수련을 쌓고 다시 본체로 수련을 하면 된다.

오열은 아마스트라스 숲에서 아만다에게 마나수련법을 알려줬다.

"이거 꼭 해야 해?"

"어, 내가 이걸 해서 엄청 강해졌거든."

"난 강해지는 것은 별로인데."

불평을 하면서도 아만다는 오열이 시키는 대로 했다. 처음에는 효과가 없었지만 그렇다고 포기하지는 않았다.

뭐든 일정 시간이 지나야 효과가 나는 법이다. 하루 공부해서 전교 1등을 한다면 누가 하지 않겠는가. 마찬가지로 강해지기 위해서는 노력을 게을리해서는 안 된다.

결혼 날짜가 잡힌 것이 아니라서 둘은 여유롭게 가고 있었다. 어차피 시간이 촉박하면 비행을 하면 되니까 말이다.

마음의 여유를 찾으니 생활이 한결 편해졌다. 오열은 이번 기회에 함뮤트 대륙을 여행하는 것도 나쁘지 않다는 생각이 들기도 했다.

메텔레스 영지에 도착하여 제프를 만났다. 메텔레스 영지는 그동안 많은 발전이 이루어졌다.

카르디어스 영주가 데논 평야를 개척하는 데 일부 성공해서 많은 밀과 고구마를 생산해 냈기에 메텔레스 영지는 하루가 다르게 발전하고 있었다.

"와, 이곳은 정말 오랜만이다."

"많이 바뀌었네."

오열이 오지 않는 사이 카르디어스 남작은 이제 오스만 왕국에서 유명한 인사가 되어 있었다.

바티안 왕국과의 전투에서 패전함으로 말미암아 왕국은 황폐화되었다.

바티안 정벌군이 오스만 왕국에서 싹쓸이 정책을 펼쳤기 때문이다.

하지만 마지막 전투에서 나탈리우스 백작이 승리를 한 후 왕위에 오른 철혈의 통치자 루이스 3세는 후퇴하는 바티안 병사를 포로로 잡아 모두 나무 꼬챙이에 매달아 죽였다.

이는 모두 5만 4천 명에 달하는 엄청난 수였다. 바티안 왕국은 이 일 후에 더 이상의 도발은 없었다.

전후에 아사자가 속출하는 상황에서 카르디어스 남작은 데논 평야를 개척해 왕국 전체에 고구마와 감자, 밀을 공급했다.

왕의 칙령에 의해 곡물 가격 담합은 불가능해졌다. 어느 누구도 왕의 명령에 불복할 수 없었다.

왕은 잔혹무비였지만 백성에게는 인자했기 때문이다.

왕은 국경 지대에 엄청난 군대와 요새를 쌓게 하고 귀족들을 모두 복종시켰다.

오열은 제프에게 그 이야기를 듣고 혀를 끌끌 찼다. 루이스

3세가 아직 왕자였을 때, 즉 아스왈 왕자는 유약한 인상이었었다.

잔혹한 복수는 물론 귀족을 복속시켰다는 말에 새삼 왕의 능력을 인정하지 않을 수 없었다.

"그래서 다른 사람들은 모두 노톨리에스 영지로 이주를 했다고?"

"네, 저만 남아서 아가씨와 오열 님을 기다리고 있었습니다."

"수고했다."

"하하, 제가 수고를 하긴 했지요."

제프의 익살에 오열이 웃음을 터뜨렸다. 오열은 제프가 결혼하여 저택에서 살고 있는 것을 보고 빙그레 웃었다. 이들 중에서는 알렉스가 결혼을 가장 먼저 했는데 조이와 제프가 무척 부러워했었다.

"계속 이곳에 있을 것인가?"

"아닙니다요. 저도 노톨리에스 영지로 가야지요. 백작님께서 저를 기사로 써주시기로 약조를 하셨습니다."

"그래⋯⋯?"

제프는 소드익스퍼트이니 기사의 자격은 이미 충분했다. 왕실령에서 두 번째로 좋은 영지가 노톨리에스니 그곳의 기사가 되는 것은 아주 괜찮은 일이었다.

"그럼 우리가 먼저 출발할 터이니 이곳을 정리한 다음 그

곳으로 오도록 하게."

"네, 알겠습니다. 오열 님."

오열은 제프와 같이 움직이고 싶은 마음도 있었지만 접속 종료를 해야 할 때가 있기에 따로 이동하는 것이 나을 것 같았다.

오열과 아만다는 슈트의 에어부스터를 이용하여 이틀 만에 노톨리에스 영지에 도착하였다.

노톨리에스 영지는 비옥한 베데스타 평야가 있고 상업도 발달한 곳이어서 영지를 경영하는 데 어려움이 전혀 없는 곳이다. 괜히 왕실령에서 두 번째로 좋은 곳이 아니었다.

"누구십니까?"

경비병이 오열과 아만다를 보고 조심스럽게 물어왔다. 두 사람이 입은 아머가 매우 값비싸 보였기 때문이다.

"피에르 백작님을 만나려고 하네. 이쪽은 그분의 따님인 아만다 샤프란 양이고 난 사위 될 사람이네."

"충! 아가씨를 뵙습니다."

경비병 두 명이 아만다를 향해 예를 표하고 나서 오열에게도 인사를 했다. 그리고 잠시 후에 집사가 나와 성안으로 두 사람을 인도했다.

백작의 성은 크고 호화로웠다. 프랑스 베르샤유 궁전만큼은 아니지만 모든 건물이 격조 있게 지어졌다. 전쟁의 와중에도 이곳만큼은 수탈이 심하지 않았는지 건물들이 모두 말짱

했다.

'엄청나게 좋네.'

사실 이 노톨리에스 영지는 오열이 현 국왕을 도와준 대가로 얻은 영지다.

그런데 오열에게는 이곳 영지가 필요 없어서 장인에게 준 것이다. 오열은 속으로 생각했다. 지구에서 이런 곳을 살려면 얼마나 들까? 계산이 안 되었다.

접객실로 가자 장인인 피에르 백작이 근엄한 모습으로 앉아 있었다.

역시 자리가 사람을 만든다고 하더니 고작 왕국의 하급 관리였던 그가 백작이 된 뒤에 사람 자체가 달라졌다.

"하하하. 어서 오게, 사위. 그리고 어서 오너라, 내 딸 아만다!"

"아빠, 잘 지내셨어요?"

"하하, 그래, 그래. 잘 지냈다마다. 너는 어떻게 지냈느냐?"

"저도 잘 지냈어요, 아빠."

잠시 후에 백작 부인이 나오자 오열은 인사를 드리고 환담을 나눴다. 그리고 오열이 결혼하겠다는 말을 하자 금방 승낙을 했다.

어차피 아만다가 오열을 따라 다른 나라로 갔으니 허락하고 말고도 없었다. 브로도스는 모든 사실을 알고 있지만 백작 부부에게는 다른 나라로 갔다고만 했다.

오열은 백작 성에서 가장 좋은 별관을 배정받아 쉬고 있었고 아만다는 백작 부인을 만나고 있었다.

"그동안 잘 지냈니?"

"네, 어머니."

백작 부인은 딸의 손을 잡고 다정한 눈빛으로 바라보았다. 아끼는 사위가 있어서 마음대로 표현을 못했지만 오랜만에 딸을 보니 마음이 말로 표현하기 힘들었다.

어릴 때부터 시아버지인 브로도스 곁에서 자라 마음이 좋지 못했는데 이제는 먼 다른 곳으로 간다고 하니.

"건강은 괜찮니?"

"네, 어머니."

백작 부인이 딸을 말없이 품에 안았다. 그리고 딸의 머리를 쓰다듬으며 조용하게 말한다.

"내 딸, 부디 행복하여라. 너는 네 운명을 선택하였으니 언제나 당당하고 현명하게 살아야 돼."

"네, 엄마."

"아! 내 새끼, 부디 행복하렴."

백작 부인이 울음을 터뜨렸다. 아만다도 따라 울었다. 부모자식 간의 천륜은 시간과 공간을 가로질러 마음을 묶는다.

두 사람은 한동안 그렇게 껴안고 있었다. 시간이 두 사람 앞에서 멈춰 섰다.

"그러니까 저는 이곳에 있으라고요?"

"어, 이곳에 있으면 안전하고 언제나 부모님을 가까이서 볼 수 있어서 좋잖아."

"아냐, 난 자기를 따라다닐 거야."

"아무리 자기가 아바타라도 내가 가는 곳은 위험하다고."

"알아. 자기는 땅 파고 나는 나르면 되잖아."

억지를 부리는 아만다 때문에 오열은 어이가 없었다. 오열은 가끔 이곳에 오면서 함뮤트 대륙을 여행해 보고 싶었다.

특히나 가지고 있는 에너지스톤도 이제 얼마 남지 않아 채광도 해야 한다.

그런데 아마스트라 숲은 이제 매장량이 얼마 남지 않았다. 미국, 중국, 일본, 한국 네 나라가 경쟁적으로 채광을 하니 남아 있을 리가 없었다. 이제는 아마스트라 숲이 아니라 다른 곳을 찾아봐야 할 때였다.

'단가를 올려?'

하지만 메탈사이퍼들의 재정 상태를 보면 더 이상 가격을 올리는 것은 사실상 어렵다.

어쨌든 그들의 장비가 잘 구비되어야 도심에 나타나는 몬스터를 퇴치할 수 있게 되니까 말이다.

"하지만 아만다가 땅굴이나 파는 것은 상상이 안 돼."

"왜 안 돼. 나도 일 잘해. 잘할 수 있어. 믿어줘."

"뭐, 그렇다면야."

오열은 아만다의 고집에 두 손을 들고 항복을 해버렸다. 어차피 옆에 있으면서 아만다가 마나 수련을 제대로 하고 있는지도 봐줘야 하니 당분간은 같이 다니는 것도 나쁘지 않을 것 같았다.

"헤헤. 나 잘할게."

"응."

오열은 아만다의 머리를 쓰다듬었다. 어차피 이곳 세계에서는 드래곤만 만나지 않으면 어느 누구에게라도 지지 않을 자신이 있었다. 또한 본체가 아니라 아바타이니 뭘 해도 부담은 없었다.

'여행이라?

아직 여행할 정도로 여유가 생긴 것은 아니었다. 하지만 현실 세계가 빡빡하다 보니 새삼스레 이곳에서라도 여행하고 싶어졌다.

브로도스는 몬스터의 부산물을 구하러 마탑에 갔는데, 그가 간 곳이 어디 마탑인지 알 수 없어 연락을 할 수 없었다.

오열은 계속 기다릴 수 없어 여행을 떠나기로 했다.

오열은 노톨리에스 영지에서 4일간을 머문 다음 빠른 시간 내에 돌아오기로 약속을 하며 여행을 떠났다.

원래는 아만다에게 가족을 만나보라고 아바타를 만들어주었는데 정작 아만다는 오열과 같이 여행하는 것을 선택했다.

여행을 떠난다고 좋아하는 아만다를 보니 오열 역시 기분이 좋아졌다. 오열은 이번 여행을 통해 연금술을 조금 더 배우고 동시에 이 세계의 신화에 대해 알아볼 생각을 가졌다.

분명 이 세계에는 지구의 문제를 풀어줄 단서가 있을 것으로 생각이 되었다.

창조신 마르부스가 인간과 유사 인종을 창조한 후에 남은 어둠의 속성인 카오스에너지로 만들어진 것이 몬스터였다.

카오스에너지가 너무 강해 몬스터가 파괴적인 힘을 가지게 되자 마르부스가 카오스에너지를 봉인했다고 한다.

이를 연 것은 장난의 신 메르데스.

물론 이런 내용은 브로도스가 해준 이야기다.

오열이 이 세계의 신화에 주목하는 이유는 함뮤트 대륙에 몬스터가 존재하기 때문이다. 지구에 몬스터가 나타나기 시작한 것은 불과 얼마 되지 않았다.

오열은 길을 가면서 천천히 생각했다.

세상과 인류에 대해. 아직은 인류를 구원할 빛은 보이지 않았지만, 언젠가는 몬스터의 위협에서 자유롭게 될 것을.

사물의 궁극을 연구하는 자, 연금술사.

오열은 연금술사에 가까워지고 있었다.

다그닥 다그닥.

마차가 대지를 가르며 지나갔다. 고급 마차는 정해진 대로를 따라 천천히 달렸다.

오스만 왕국의 수도 나하른.

오열이 가장 먼저 찾은 곳은 수도 나하른이다. 일단 천천히 유람을 하면서 오스만 왕국의 수도 나하른에서 왕실 도서관 이나 마탑의 사람들에게서 신화나 전설, 창조신에 대해서 더 조사를 해볼 생각이었다.

브로도스의 말에 의하면 설화나 전설에 근거해서 찾은 마 도 시대의 유적도 꽤나 된다고 했다. 그 말은 전설이나 신화 가 아주 근거가 없는 것은 아니라는 소리다.

마차의 창문으로 보이는 수도 나하른은 화려한 도시였다. 비록 전쟁의 상흔이 아직 채 지워지지 않았지만 뛰어난 건축 물들이 많았다.

도시의 건물들은 대부분 2층 이상으로 되어 있었고 귀족들 이 거주하는 베냐민 빌은 거대한 건축물과 넓은 정원, 아름다 운 조각들로 위세를 과시하고 있었다.

일부 건물에는 아직도 지난 전쟁에서 부서진 것을 회복하 지 못한 곳도 있었지만 전체적으로는 꽤나 멋진 도시였다.

수도 나하른이 이렇게 빨리 본래의 모습을 되찾은 것은 귀 족들의 세력이 약화되었기 때문이다.

전쟁이 발생하면 왕권이 붕괴되거나 반대로 귀족 세력이 약화되는 경우가 많은데 지난번 전쟁은 너무나 치열하여 기 존 세력이 대부분 치명적인 타격을 얻었다.

무엇보다 루이스 3세의 철혈 통치에 간담이 서늘했던 귀족들이 스스로 충성을 맹세해 왔기 때문이기도 했다.

왕이 폭정을 하면 혁명이 일어날 수 있지만 통치를 잘하면서 독하면 신하들이 함부로 나댈 수 없다.

유약한 왕자로 보였던 루이스 3세가 전쟁에서 이기면서 5만 4천 명의 포로를 배상금을 받고 풀어주지 않고 바르살라 광야에서 나무 꼬챙이에 매달아 죽인 것은 바티안 왕국뿐만 아니라 오스만 왕국민에도 충격적이었다.

왕은 현명하지만 또라이 끼가 있다. 이렇게 인식된 것이고 걸리면 작살난다는 공포는 모든 귀족이 왕에게 자발적으로 협조하게 만들었다.

오열은 루이스 3세가 마음에 들었다. 왕이 유약하면 귀족들의 횡포가 많아져 백성이 고달파지는 법이다.

"나리, 여관에 도착했습니다요."

마부 올슨이 문밖에서 큰 소리로 말했다. 오열이 마차에서 천천히 내렸다. 아만다가 뒤를 따라 여관으로 향했다.

올슨이 재빠르게 달려가 여관의 문을 열고 카운터의 직원과 이야기를 하기 시작했다.

올슨은 노톨리에스 영지에서 고용한 2급 용병으로 거구의 사내다. 충직한 성품으로 의뢰인에 대한 충성도가 높은 남자로 의리에 살고 의리에 죽는 남자다.

전쟁과 영지전은 물론 몬스터 토벌에도 참가한 베테랑급 용병으로 지금은 은퇴를 앞두고 있다.

"특실이 있는가?"

"특실은 이미 다른 손님이 사용하시고 별관이 남아 있습니다."

올슨은 오열을 바라보았다. 오열이 고개를 끄덕이자 올슨이 여관비를 지불했다.

올슨은 자신이 모시는 분이 피에르 백작의 영애와 사위라는 것을 잘 알고 있다. 동시에 엄청난 부자라는 것도.

오열은 부하에게 인색하지 않았다. 어차피 이곳에 있는 돈을 지구로 옮기려면 포탈비를 내야 하기에 안 하는 것이 낫다. 때문에 돈을 펑펑 썼다.

"좋네."

오열은 별관의 호화로운 장식을 보며 중얼거렸다. 역시 수도의 여관이라 그런지 시골의 여관과는 차원이 달랐다.

"아만다, 이곳에서 좀 있어야 할 것 같아."

"응, 그럼 난 접속을 종료하고 기다릴게. 떠날 때 이야기해줘."

"알았어."

오열은 고개를 갸우뚱했다. 이렇게 순순하게 나오는 것이 이상했던 것이다.

이곳에서 오열이 해야 할 일은 왕실 도서관을 열람하는 일이다. 루이스 3세와도 안면이 있으니 어떻게 되겠지 하는 생각으로 왔다.

오열이 귀족들의 거주지인 베냐민 빌에서 나탈리우스 백작을 만나 왕실 도서관 열람 허가를 얻어내고 접속을 종료했을 때 아만다가 아이스크림과 과자를 입안에 한가득 털어 넣고 있었다.

"하하."

오열은 아만다를 보고 웃음을 터뜨렸다. 아만다가 자극적인 지구의 음식에 드디어 빠진 것이다.

"엉?"

아만다가 과자를 먹다가 후다닥 치우기 시작했다.

"왜? 그냥 먹지."

"아냐, 자기가 나왔으니까 밥을 해야지."

"나가서 먹자. 뭐하러 힘들게 밥을 해."

"그… 럴까?"

"어, 돈도 많은데 써야지. 아끼다가 똥 돼."

"똥?"

"응, 너무 아끼면 안 돼. 돈을 버는 건 쓰려고 그러는 거잖아."

"아!"

"그러니까 나가서 쓰자고."

"아하."

오열의 말에 아만다가 좋아서 배시시 웃는다.

사실 아만다는 요리를 꽤나 잘하는 편이기는 하지만 매일 음식을 하는 것은 쉬운 일이 아니다. 역시 외식을 하는 것은 맛도 좋지만 기분이 좋아서 하는 것이다.

오열은 프랑스 레스토랑에 예약을 하고 시간을 맞춰 갔다.

레스토랑에 들어가자 사람들이 모두 아만다를 바라보았다. 모델처럼 늘씬하고 아름다운 외모를 가지고 있으니 당연한 일이었다.

"이쪽으로 오십시오."

웨이터가 오열과 아만다를 전망이 좋은 곳으로 안내했다. 돈은 많지만 상류 사회의 문화에 대해 잘 모르는 오열은 그냥 웨이터가 추천하는 코스 요리를 시켰다.

조금씩 나오는 요리를 맛보며 오열은 흐뭇하게 웃었다. 돈을 버는 재미는 알았지만 알고 보니 쓰는 재미가 더 좋았다.

최고급 프랑스 레스토랑은 이번이 두 번째라 처음에 왔을 때처럼 어색하지는 않았다. 음식 맛도 맛이지만 정성 어린 서비스가 더 좋았다.

"아만다, 어때?"

"응, 맛이 좋아. 여기 자주 오고 싶어."

"이걸 살까?"

"뭐… 이 레스토랑?"

"어, 그러면 아무 때나 오고 좋잖아."

"응, 그럼 한식, 중식, 양식 이렇게 세 개나 살 거야?"

"그건 좀."

"뭐하러 가게를 사. 손님이니까 좋은 거지."

"흠. 그런가?"

오열은 한순간에 그동안 벌어놓았던 돈이 날아갈 뻔하자 돈을 아끼지 않기로 했다. 적어도 먹고 자고 입는 데는 돈을 아끼지 않기로 결심을 한 것.

"웨이터, 지배인 좀 오라고 하지."

"네, 무슨 일이신가요, 손님?"

웨이터가 조심스러운 표정으로 오열을 바라보았다. 아마도 서비스에 불만이 있지는 않았는지 걱정하는 표정이었다.

"아, 걱정하지 마시고요. 서비스는 좋았으니까."

"네, 그럼."

웨이터가 다소 안심한 표정으로 지배인을 부르러 갔다.

"자기야, 지배인은 왜?"

"기름칠 좀 하려고."

"기름칠을 왜 해?"

"올 때마다 좀 편해지려고. 주인은 아니지만 주인처럼 기분 좀 내보려고."

"앙, 그런 거야? 그건 나도 찬성."

50대로 보이는 중년의 남자가 정중한 자세로 테이블로 다가와 오열의 앞에 섰다.

"부르셨습니까, 손님."

"아, 네. 여기 사장님이 누구신가요?"

"오정태 사장님이십니다."

"여기 자주 나오나요?"

"그렇지는 않습니다. 사장님은 워낙 바쁘시고 하시는 일이 많으셔서."

"흠, 그럼 잘되었네. 내가 이 레스토랑을 살까 하다가, 그냥 단골하기로 했어요."

"아, 네. 그러셨습니까? 하하."

지배인 차인태는 가볍게 웃었다. 그의 표정을 보니 조금도 믿지 않는 표정이었다. 아름다운 여자와 함께 온 어린 청년의 허세로 본 것이다.

"그래서 내가 팁 좀 줄려고 해. 직원이 몇이지?"

"직원 숫자 말씀이십니까?"

"네, 별로 많아 보이지 않는데."

"그렇지 않습니다. 보이지 않는 곳에서 일하는 직원도 많습니다. 30여 명이 넘습니다."

지배인은 대답을 하지 않으면 손님을 무시하는 것으로 여길까 봐 지나가는 말로 가볍게 말했다.

"그렇군."

오열은 수표첩을 꺼내 사인을 하기 시작했다. 차인태 지배인은 오열의 모습을 보며 빙그레 웃었다.

그러면서 옆에 있는 아만다를 슬쩍 바라보았다. 말하지 않아도 무슨 일인지 알겠다는 표정을 지으며 끝까지 정중한 자세를 유지했다.

"이거, 현금으로 찾아서 공평하게 나눠 가지라고."

"아, 네. 감사합니다."

지배인이 인사를 하고는 액수를 보고 흠칫 놀란 표정을 지었다.

"저, 손님. 혹시 0을 하나나 두 개를 더 써넣으신 것은 아니십니까?"

"어, 내가 실수했나? 줘봐요."

오열은 차인태 지배인이 내민 수표를 보고는 다시 돌려줬다.

"맞아요. 대신 다음에 올 때는 잘 부탁합니다. 아만다가 여기를 좋아해서 주는 겁니다."

"감사합니다."

차인태 지배인은 끝까지 믿지 않았다.

집으로 돌아오는 길에 아만다가 조수석에서 말한다.

"자기야, 아까 그 지배인이 안 믿는 것 같았는데 혹시 그 수표책 가짜 아냐?"

"어……? 어, 이거 진짜인데. 이산은행장 이박이 준 것인데."

"그런가?"

돈도 써본 놈이 그럴듯하게 써본다. 허세를 부려도 남들이 믿어주지를 않는다.

오열은 돈만 낭비했다고 생각했다. 돈을 쓴 이유는 폼을 내기 위해서였는데 괜히 모양만 빠졌다.

*　　　*　　　*

오열은 황량한 도서관을 바라보았다. 왕실 도서관이라고 해서 왔더니 중요한 서적은 모두 사라지고 없었다.

바티안군이 싹 쓸어간 것이다.

"하아!"

오열은 괜히 여기까지 온 것이 허탈할 지경이었다. 물론 여행 겸 온 것이라 나하른의 경관을 보고 쇼핑을 하는 것도 나쁘지는 않았다. 하지만 원하는 것을 얻지 못하자 실망스럽기는 매한가지.

도서관의 사서만이 분주하게 새로 들어온 서적을 분류하고 있었다.

"더 이상은 없는 것입니까?"

"네, 신화와 전설에 관한 책이 마법서와 같이 있었습니다. 바티안 그 개잡놈들이 마법서와 연금술 서적을 싹 쓸어간 것입지요. 그놈들은 그게 필요해서 그런 것도 아닙죠. 저희 왕국의 문화가 후퇴하기를 바라고 한 조치입죠."

"화끈하게 쓸어갔군."

오열은 허탈한 채로 왕실 도서관을 나와 다시 여관으로 돌아왔다. 점심을 먹고 마법 상점에 가서 필요한 것들을 구입했다.

호돌로스의 돌.

샴펜 지방에서 나는 돌로 평상시에는 그냥 검은 돌이나 물에 닿으면 엄청난 열을 낸다. 땅에 파묻으면 가스를 분출한다.

마도스의 뿌리.

연금술에 없어서는 안 되는 식물로, 한약에서 감초 정도로 보면 된다. 여행을 하면서 연금술을 더 연구하기 위해 많은 양을 구입했다.

그리고 고대 유물 가운데 하나인 피토우스의 반시는 사용법도 나오지 않은 것으로 고대 던전에서 나왔을 뿐인데 엄청 비쌌다. 피토우스의 무덤에서 나와서 피토우스의 반지라고 한다.

"이게 고대 유물이라고?"

오열은 반지를 만지작거렸다.

바티안 왕국군이 싹쓸이한 것은 왕실 도서관 뿐만 아니었다. 마탑도 탈탈 털렸던 것이다.

그래서 돈이 필요한 마탑이 평소에는 팔지도 않던 물건을 내다 팔면서 나왔다. 세일 기간이라 마법 배낭도 20%나 저렴했다.

아만다가 접속을 하지 않고 있어 올슨이 여관에서 혼자 지내다가 오열을 보고 뛰어왔다.

"나리, 시키실 일은 없습니까요?"

"이곳에서 일은 다 보았어. 떠날 준비를 하게."

"네, 알겠습니다요."

올슨이 고개를 숙이며 대답했다. 그는 영지를 떠날 때 기사 알렉스에게 오열이 어떤 사람인지 전해 들었다.

제프는 아직 노틀리에스 영지에 도착하지 못했고, 조이와 알렉스는 오열을 만나보지도 못했지만 알렉스가 올슨이 마부를 한다는 것을 알아차리고 잘 모실 것을 당부하며 경고를 했다.

소드마스터에 연금술사, 그리고 위대한 마법사라는 말을 들었다. 그리고 엄청난 부자라는 것도.

용병으로서 이보다 더 좋은 고객은 없다. 고객의 신변 안전에 대해서는 전혀 신경 쓸 필요조차 없으니 말이다.

또한 뮤란트 대륙에서는 경제관념이 없는 오열이 돈을 팍팍 쓰니 아니 좋을 수 없었다.

아만다는 오열이 왕실 도서관에 간다고 하니 아예 접속조차 하지 않고 있었다. 요즘은 동네 아줌마와도 친해졌는지 심심하다는 말도 잘 하지 않았다.

오열은 접속을 종료했다. 역시나 아만다가 집에 없다. 오열은 핸드폰으로 전화를 했다.

지이잉.

[어머, 자기야 나왔어?]

"어, 어디야?"

[옆집 똘이네 집.]

"아들 이름으로 부르든지. 왜 개 이름으로 불러."

[에헤헤헤. 아주머니가 강아지보고 '우쭈쭈 아이구 내 새끼' 이러시잖아.]

"말이 그렇다는 거지. 개가 진짜 자식이겠어? 그냥 자식처럼 잘 대해준다는 거지."

[나도 그 정도는 안다. 그래도 똘이 엄마는 보신탕도 잘 먹어.]

"쩝. 별로 좋은 정보는 아니군. 아만다, 빨리 집으로 와."

[응, 자기야, 금방 갈게.]

아만다는 금방 온다고 하면서도 30분이나 걸렸다. 엎어지면 코 닿을 거리인데 말이다.

오열은 이웃과 잘 지내는 아만다가 한편으로 반가웠지만 아만다의 관심이 다른 곳으로 나눠진다는 것이 다른 한편으로는 섭섭했다.

하지만 확실한 것은 지구에 살기 위해서는 이곳에 적응을 잘해야 한다는 것이었다.

그런 의미에서 아만다가 이웃 아주머니와 친하게 지내고 또한 취리 모임에 참가하는 것은 나쁘지 않았다.

현관문이 열리고 아만다가 튀어왔다.

"자기야!"

"왔어?"

"응, 자기 심심했어?"

"나도 지금 나왔어."

"그런데 왜 이렇게 일찍 왔어?"

"왕실 도서관에 볼 책이 별로 없었어. 바티안 놈들이 싹 쓸어갔대."

"나쁜 놈들. 그 나쁜 놈들 어떻게 혼내줄 수 없을까? 너무 분해. 우리 왕국의 백성들이 죄도 없이 많이 죽고, 우리 왕국의 보물을 약탈해 갔잖아!"

아만다는 오열의 말에 화를 내며 바티안 왕국군에 대한 적의를 드러냈다.

그녀 역시 오스만 왕국의 백성이니 그 분한 마음이야 말하지 않아도 알 수 있을 것 같았다. 비단 아만다뿐만이 아니라 오스만 백성이라면 누구나 같은 생각이리라.

"아만다, 나가서 밥 먹자?"

"또?"

"어, 그리고 올 때는 부동산 들리자."

"부동산엔 왜?"

"집이 좁아서 인근 집들마저 사서 새로 집을 지을까 하고."

"정말?"

아만다가 집이 넓어진다고 하니까 좋아했다. 서울 근교에 있는 집이라 제법 넓고 정원도 있는 집이지만 오스만 왕국에 있는 집들과 비교를 하면 매우 좁은 편이었다.

특히나 노톨리에스 영지에 있는 백작의 저택과 비교하면 초라할 정도였다.

점심은 근처에서 대충 먹고 부동산으로 갔다.

"어서 오십시오."

부동산의 주인이 오열과 아만다를 반갑게 맞이했다. 부동산 사장은 머리가 살짝 벗겨졌지만 대단히 인상이 좋은 남자였다.

"오늘은 어떻게 오셨습니까?"

부동산 사장 이기명이 말을 하면서 시원한 음료수를 내왔다.

"제 집 주변의 땅을 좀 매입할까 합니다."

"아, 그러십니까?"

부동산 주인은 지도를 보면서 고개를 끄덕였다.

"그런데 얼마나?"

"넓으면 넓을수록 좋습니다. 이왕이면, 뒤쪽의 산까지 모두 매입할까 합니다."

"아, 그러십니까? 그러면 비용이 상당히 나올 터인데요."

"돈 걱정은 하지마시고요."

"그러시다면야, 그런데 45호와 46호는 무난하게 매입을 할 수 있을 터이지만 48호는 쉽지 않을 겁니다."

오열은 이기명이 가리키는 주소지를 보며 고개를 끄덕였다. 48호의 주인은 이 지역 토박이인데 욕심이 많고 고집이 센 노인이었다.

"판다면 가격에 구애받지 말고 매입해 주세요. 만약 안 판다면 다른 곳으로 매입해 주시고요. 꼭 이곳이 아니어도 됩니다."

"알겠습니다."

이기명은 오랜만에 큰 거래라 그런지 입이 귀까지 올라갔다. 잘만 성사시키면 중개 수수료가 엄청날 것이기 때문이다.

원래 지금 있는 집은 연금술을 하기 위해 구입한 것으로 대지가 400평이나 되었다. 그런데 오열은 더 넓은 집을 원하는 것이다.

'돈을 쌓아만 놓으면 뭐해. 써야지.'

생각해 보면 능력자로 각성한 후에 땅을 판 기억밖에 없다.

간간히 굵직한 사건이 없었던 것은 아니었지만 그래도 가장 기억에 남는 것은 땅을 파는 것이었다.

또한 아마스트라스 숲의 주인이었던 나르테스의 마정석도 어떻게 사용할 방도를 모색해 봐야 한다.

함뮤트 대륙의 몬스터는 평균적으로 지구의 몬스터보다 훨씬 약했다. 하지만 아마스트라 숲의 몬스터는 어마어마했다.

오열의 아바타가 강력해지기 전에는 마음대로 돌아다니지도 못할 정도로 말이다.

'왜 아마스트라 숲의 몬스터만 그렇게 강했던 것이지?'

그 또한 이해되지 않는 부분이다.

6장

무기 제작

이영은 가볍게 숨을 내쉬며 심법 수련을 마쳤다. 그녀는 우주선에서 보내온 마나석의 도움으로 지구에서의 내공 수련에 박차를 가하고 있었다.

메탈드워프들의 도움으로 마나석에서 마나를 공기 중에 방출할 수 있게 만든 것. 때문에 내공을 수련할 때 엄청난 효과가 있었다.

'이제부터 몬스터 사냥을 하겠어. 국가를 위해, 그리고 국민을 위해 내 의무를 다해야 해.'

오래전부터 아바타 사용을 허가받았다. 그럼에도 불구하고 도심에 침입한 몬스터 퇴치에 나서지 않은 것은 그녀가 생각하기에 거대 몬스터를 퇴치하는 데 큰 도움이 되지 못했기 때문이다.

하지만 지금은 다르다. 내공이 상승하여 비약적으로 능력이 향상된 것.

오열이 말해준 대로 수련을 하자 현실 속의 본체도 많이 강해졌다. 원래부터 그녀는 슈퍼맨에 준하는 어마어마한 신체를 가지고 태어났다.

그러나 고고한 왕족의 혈통을 타고났기에 몬스터를 직접 퇴치하는 데에는 왕실의 반대가 있어왔다.

하지만 아바타로 접속하여 몬스터를 퇴치한다면 누가 뭐라고 하겠는가. 오히려 고귀한 왕족의 의무를 다했다고 찬양할 것이다.

지이잉.

허공 속에서 홀로그램이 터져 나왔다.

국가안전위원회(NSC)의 부위원장이자 '용의 기사단'의 단장인 장일성 소장이었다.

[공주님, 안녕하십니까?]

"네, 무슨 일인가요?"

[공주님이 퇴치하실 몬스터가 나타났습니다. 물론 아바타로 접속하셔야만 합니다.]

"네, 물론이에요."

[새로운 거대 몬스터가 도심 주변에 나타났습니다. 다행스

럽게도 충분한 시간이 있으니 천천히 준비를 하셔도 되십니다.]

"아니에요. 바로 가겠어요. 위치를 알려주시면 제 비행정을 타고 갈게요."

[알겠습니다, 공주님.]

홀로그램이 꺼졌다. 이영은 가슴이 설레이는 것을 느꼈다. 아바타로 무수한 몬스터를 상대했지만 지구에서는 처음이다.

게다가 거대 몬스터는 함뮤트 대륙의 아마스트라 숲에 있는 몬스터보다 훨씬 더 강하다.

이영은 스카이윙에서 뛰어내렸다. 도심 근처 산에 있는 몬스터였다.

몬스터의 이름은 아닥사고라스.

생김새가 고양이를 닮았다.

"쉽지 않겠는데."

이영은 나지막하게 중얼거렸다. 아마스트라스 숲에서 마주친 샤벨타이거 따위와는 비교가 되지 않을 만큼 큰 크기다.

문제는 거대한 덩치를 가졌는데 무척이나 빨랐다. 애초에 평범한 메탈사이퍼가 상대할 수 있는 몬스터가 아니었다.

'정말 지구에 무슨 일이 일어나고 있는 것이지? 몬스터가

너무나 강해졌어.'

몬스터가 진화를 했다고 해도 이해할 수 없을 정도로 몬스터가 강해졌다.

아닥사고라스는 지능 또한 좋은지 메탈사이퍼의 도발에 좀처럼 걸려들지 않았다.

그럼에도 불구하고 인근 도시가 안전한 것은 녀석이 산을 좀처럼 떠나지 않으려고 하기 때문이었다.

'저 녀석이 도심으로 뛰어들었다면 정말 끔찍했겠군.'

이영은 가볍게 숨을 들여마셨다. 몬스터 사냥을 처음 하는 것도 아닌데도 무척이나 떨리고 긴장이 되었다.

하지만 지금은 본체가 아닌 아바타. 무서울 것도 두려울 것도 없다.

"자, 가자."

이영은 가볍게 걸었다. 가까이서 본 아닥사고라스는 정말 거대했다. 날쌘 살쾡이처럼 이리저리 뛰면서 메탈사이퍼의 공격을 회피하고 간간히 공격했다.

아직까지는 본격적으로 인간을 상대할 생각이 없는 듯했다. 그렇지 않으면 벌써 수십 명이 죽어나갔을 것이 분명했다.

10여 미터 크기의 아닥사고라스는 강했다. 그래서 메탈사이퍼들이 좀처럼 제압을 하지 못했다.

"야야, 빨리 잡아!"

"병신아, 어그로가 잡혀야 공격을 하든지 말든지 하지. 네가 대신 죽을래?"

"탱커는 뭐 하는 거야?"

"너무 날쌔서 탱커의 공격이 안 먹히잖아. 별수 있냐? 맞지 않는데 어떻게 어그로를 끌어?"

"아, 짱 나네. 벌써 몇 시간째 이러고 있는 거야."

메탈드워프들이 불평을 터뜨렸다. 그들이 하는 일이란 멀찍이서 포위하여 몬스터가 주위로 튀지 못하도록 하는 것이다.

위이이잉.

다시 여러 대의 스카이윙이 도착했다. 용의 기사단이 도착한 것이다.

오열은 거대한 아닥사고라스를 바라보았다. 전체적으로 살쾡이를 닮았다. 고양이처럼 순해 보였지만 인간들에게 위협이 되기에 잡지 않을 수 없다.

'몬스터가 지능을 가진 것 같아.'

이전까지의 몬스터는 그냥 본능대로 행동했다. 그래서 조금은 쉽게 제압된 측면도 있었고 죽이는 데 아무런 거리낌이 없었다.

하지만 저번에 나타난 래빗도 공격적이지 않았다. 만약 공격을 당하지 않았다면 먼저 인간을 공격하지 않았을 것이다. 몬스터의 진화가 지능에도 영향을 미친 것 같았다.

"까다롭겠는데."

10미터나 되는 몬스터가 날쌔기까지 했다. 만약 몬스터가 공격적인 성향이 강했다면 이미 수많은 메탈사이퍼가 죽었을 것이다.

"찜찜하네."

오열의 말을 들었는지 장준식 부길마가 고개를 끄덕였다. 그냥 잡기에는 몬스터가 너무 강해 보였던 것이다.

오열은 아다티움건을 꺼내 총알을 확인했다. 마비제와 화약이 적절하게 혼합된 총알은 넉넉했다.

또한 아다티움건을 조금 보완하여 예열 시간이 줄어들었다. 자연히 총이 내는 에너지파가 적어졌다. 오열은 침착하게 아닥사고라스를 보고 정밀하게 조준을 하였다.

탕!

아다티움건에서 총알이 발사되었다. 그때까지 얌전하게 있던 아닥사고라스가 놀라운 속도로 공중으로 도약해서 총알을 피했다.

'굉장하군.'

오열은 이번에 성공할 것이라고 믿었었다. 아다티움건을 많이 손을 봤기 때문이다.

오열은 다시 아닥사고라스를 향해 총을 발사할 준비를 했다.

그때였다. 아닥사고라스가 공중으로 뛰어오른 것과 동시

에 메탈사이퍼 한 명이 몬스터를 덮치고 있었다.

오열은 순간적으로 사격을 멈췄다. 화려한 아머를 입은 여자가 태양을 등지고 몬스터의 등 뒤로 떨어져 내렸다.

"와우!"

오열은 소리를 질렀다. 이영이 아닥사고라스의 목 위로 뛰어올라 강력한 주먹을 날리고 있었다. 주먹에 거대한 에너지가 몰려들었다.

펑!

아닥사고라스가 공중에서 휘청거리며 몸을 틀었다.

펑.

펑!

이영이 공중에서 다시 연격을 했다. 그녀는 서커스 단원보다 더 놀라운 몸놀림을 보였다. 아닥사고라스는 제대로 착지도 못하고 공중에서 굴러 떨어졌다.

카아앙.

아닥사고라스가 비명을 질러댔다. 인간을 비웃던 몬스터가 처음으로 위기감을 느꼈는지 뒤로 한걸음 물러나며 뾰족한 어금니를 드러냈다.

크르르릉.

아닥사고라스는 자신을 고통으로 몰아넣은 이영을 노려보며 울부짖었다.

"와, 엄청난데."

"맨주먹에 몬스터가 휘청거린 거, 봤지, 봤지?"

"얼굴 봤어?"

"보긴 뭘 보냐? 가면을 썼잖아."

"야, 눈만 가렸는데. 그것만으로 엄청 예쁜 것 같은데."

대기를 타던 메탈사이퍼들이 새롭게 나타난 이영을 보며 한마디씩 했다.

무엇보다 오늘 처음으로 몬스터에게 엄청난 데미지를 준 것 자체가 그들에게는 충격적인 일이었다.

오늘은 수백 명의 메탈사이퍼가 몬스터에게 데미지를 주기 위해 노력을 했지만 아닥사고라스가 어찌나 날쌘지 도무지 맞출 수가 없었다. 또한 그녀의 대담한 액션에 놀라기도 했다.

오열은 가볍게 땅에 착지를 한 이영을 보며 다소 놀랐다. 공주의 신분이라는 사실을 얼마 전에 알았다. 그런 그녀가 몬스터 사냥에 직접 올 것이라고는 생각하지도 못했다.

'기회다.'

오열은 몬스터의 주의가 이영 공주에게 쏠리는 것을 보고 자신에게 찬스가 생기는 것을 알아챘다.

설혹 아닥사고라스를 맞추지 못한다고 하더라도 충분히 몬스터의 주의를 빼앗을 것이다. 그리고 이를 놓칠 이영이 아니다. 전투 센스 하나만큼은 천부적인 그녀다.

—모두 뒤로 물러나 대기한다. 어그로가 잡히기 시작했다. 잠시 대기한다. 힐러들은 새로운 대원에게 집중한다.

—오열 대원, 기회를 봐서 마비탄을 쏴주기 바란다.

—알겠습니다.

오열은 그렇지 않아도 그럴 생각이었다. 어그로가 이영 공주에게 잡히면 보다 정확하게 타깃팅을 할 수가 있다.

오열은 조금 뒤로 물러나 몬스터가 이영에게 집중하도록 했다.

크아앙.

몬스터가 다시 울었다. 그와 동시에 거대한 몸뚱이라고는 믿어지지 않을 스피드로 이영을 덮쳤다.

'와우!'

오열은 아닥사고라스의 엄청난 속도에 조준도 하지 못했다.

'젠장!'

아다티움건이 성능은 좋은데 예열 시간이 필요했다. 따라서 지금처럼 움직이는 몬스터를 조준하는 데는 무척이나 취약했다. 오열은 아다티움건을 가방에 집어넣고 에너지소드를 꺼냈다.

이영 공주와는 여러 번 사냥을 같이해 봐서 호흡을 맞추는 것은 어렵지 않다.

이영은 엄청난 속도로 공격을 하는 아닥사고라스의 앞발

을 여유롭게 피하였다. 오열이 그 모습을 보면서도 믿어지지 않을 정도로 그녀는 능숙하게 몬스터의 공격을 피했다.

"와우, 엄청난 속도야!"

"젠장, 우리와는 비교도 안 되는 메탈사이퍼야."

대기를 타는 메탈사이퍼들은 이영의 놀라운 몸놀림에 감탄을 터뜨렸다.

이영의 아바타는 함뮤트 대륙 아마스트라스 숲의 강력한 몬스터를 처음부터 제압했던 엄청난 능력자였다.

또한 다른 메탈사이퍼들이 18살 전후로 각성을 한 능력자라면 이영은 태어날 때부터 이미 능력자였다. 급이 달라도 너무 달랐다.

이영은 약간 당황을 했다. 몬스터가 생각보다 강하고 빨라서 싸우기가 쉽지 않았던 것. 이제까지 몬스터를 상대하는 데 이렇게 긴장해 보기는 또 처음이었다.

하지만 당황하지 않았다. 지금은 본체가 아닌 아바타로 접속한 상태였다. 아무리 잘못된다고 하더라도 죽거나 하지 않는다.

이런 마음가짐이라서 그런지 그녀는 마음의 여유가 있었다. 여유를 가지고 몬스터를 상대하다 보니 생각보다 대처를 부드럽게 할 수 있었다.

아닥사고라스의 공격을 두 번 피하고 주위를 흘깃 돌아보니 오열이 에너지소드를 빼어 든 모습이 보였다.

'오열 님과 함께 싸운다면 승산이 있어!'

그녀가 아는 오열은 수단과 방법을 가리지 않고 생존을 위해선 무엇이라도 한다. 그런 그가 전투에 끼어든다는 것은 여러 모로 의미가 있다.

카카카캉.

몬스터가 다시 울었다. 생각처럼 되지 않아서 화가 나는지 성급하게 움직였다.

조금 전까지는 인간을 개미처럼 가지고 놀던 몬스터였다. 그런데 지금은 마음대로 되지 않자 화가 난 것이다.

거대한 몸의 근육이 응축되는 것을 보고 이영은 다시 몬스터의 공격이 있을 것을 깨달았다.

격수 중에서도 가장 근접하여 몬스터를 상대하는 무투가인지라 그녀는 유독 몬스터의 움직임에 민감했다.

몬스터의 움직임을 예측하지 못하면 아무리 강한 능력자라도 살아남을 수가 없다. 특히나 이런 대형 몬스터에는 더욱 그러했다.

아닥사고라스는 거대한 크기에 비해 전체적인 몸은 호리호리했다. 때문에 순간적인 가속이 엄청났다.

이영은 아닥사고라스의 숨소리, 근육의 움직임, 눈동자를 보면서 어떻게 나올지 알아차렸다. 고양이가 쥐를 요리하듯 살금살금 한쪽으로 자신을 몰고 있었다.

아닥사고라스는 몸을 허공에 띄워 이영에게 강력한 앞발

치기로 한쪽으로 몰아넣고 어금니로 결정타를 매기려고 하였다.

그때였다. 아닥사고라스가 미처 보지 못한 검이 배를 향해 날아왔다. 비록 배가 다른 부위에 비해 약하긴 해도 버틸 수 있다고 생각했다. 그런데 아니었다.

푹.

붉은 에너지파를 감싼 검이 사정없이 가죽을 찢어발기는 것이 아닌가?

이전에 느끼지 못한 고통이 몸을 움질거리게 만들었다. 때문에 이영을 공격하려던 시도도 성공하지 못했다.

오열은 아닥사고라스를 보고 가볍게 한숨을 내쉬었다. 취약점인 연약한 배를 찔렀지만 생각만큼 강한 데미지를 주지 못했다. 비록 피를 흘리기 시작했지만 몬스터는 여전히 날쌨다.

'첫술에 배부를 수야 없지.'

강한 몬스터는 한 번의 공격으로 치명적인 데미지를 줄 수 없다. 강한 몬스터는 조금씩 상처를 입혀 지치게 만들고 나서 강한 데미지를 줘야 한다.

'후후, 몇 번만 더 공격하면 마비탄을 피하지 못하겠군!'

어차피 오열이 몬스터를 직접 잡을 필요는 없었다.

이제는 몬스터를 직접 퇴치하지 않아도 돈을 쉽게 벌 수 있게 되었다. 그러니 굳이 위험을 자초할 필요는 없었다.

네오23의 엄청난 파워와 내공으로 말미암아 오열은 아닥사고라스의 움직임을 간신히 따라잡을 수 있었다.

몬스터가 오열을 바라보자 그는 슬그머니 뒤로 물러났다. 그사이 이영이 몬스터의 주의를 끌었다.

아닥사고라스는 순간적으로 이영을 공격할지, 아니면 오열을 공격해야 할지 판단이 서지 않는 모양이었다.

오열이 비록 엄청나게 강해졌지만 이는 장비 덕을 많이 본 것이다. 아다티움 아머의 방어력이 워낙 좋아서 버티는 것이다.

또한 부스터가 그를 몬스터의 위험으로부터 구해주곤 했다. 그러니 애초에 초근접 캐릭터인 이영에 비할 바가 아니었다.

반면 이영은 곤혹스러움을 느꼈다. 처음 출동하다 보니 장비를 미처 행성에서 가져오지 못하였다.

수련을 위해 기존의 아바타는 함뮤트 대륙에 두고 새로 만들었다. 아무래도 마나가 풍부한 그곳이 수련에 더 적합했다.

─오열 님, 들리나요?

─네, 말씀하십시오.

오열은 무전이 공용 주파수를 사용하는 것을 생각하고는 이영을 공주라고 부르지 않고 두루뭉술하게 넘어갔다.

이영이 가면을 착용한 탓에 자신의 정체를 드러내지 않으려는 것으로 생각한 것이다.

─확실한 어시를 부탁드려요.

―그게…….

오열은 이영의 말이 의아했지만 그녀가 착용한 방어구를 보고서야 그녀가 무엇을 말하는지 깨달았다.

'메탈아머를 제대로 착용하지 못했군.'

척 보니 가장 기본적인 메탈아머보다 약간 더 좋은 것이다. 저런 아머를 착용하면 잘못하다가는 죽을 수도 있다.

물론 힐러가 있으니 어지간하면 죽지 않겠지만 말이다.

―그러시다면, 어그로가 잡히면 뒤로 빠지시는 게 나을 것 같습니다.

―그렇게 할게요.

오열은 이영 공주가 순순히 동의를 하자 틈을 봐서 빨리 마비탄을 쏘는 것이 최선인 것 같았다.

'조금 더 순발력이 떨어진 다음에 해야 해.'

아닥사고라스는 상처를 입었지만 이미 회복을 한 상태다. 트롤만큼의 재생력은 없지만 대부분의 몬스터들은 한두 번의 공격으로 제압할 수가 없다. 특유의 생체 재생력 때문이다.

휘익.

이영이 먼저 움직였다. 아닥사고라스가 고개를 돌렸다. 공중에서 3연타로 맞은 것이 기억이 난 것이다. 조금 전의 공격도 아팠지만 머리와 목을 맞은 것에 비할 바는 아니었다.

카앙.

아닥사고라스의 앞발이 이영을 향했다. 이번에는 반드시

찢어발기리라 결심을 했는지 앞발에 힘이 들어갔다. 날카로운 발톱이 튀어나왔다. 털도 송곳처럼 빳빳이 섰다.

'특이한데.'

오열은 몬스터의 변화가 심상치 않았다.

'조심해야겠는데.'

오열은 아닥사고라스를 따라잡으면서 에너지소드를 찔러넣으려고 하면서도 경각심을 잃지 않았다.

이영은 바로 앞에서 몬스터의 털이 빳빳하게 서는 것을 보고는 본능적으로 소리를 질렀다.

—힐!

이영이 소리를 지르자 전략 상황실에서 즉각적으로 명령을 내렸다.

—힐러들은 힐을 퍼부어라! 몬스터가 심상치 않다. 한 템포빨리 힐을 하도록!

한민호 대령이 소리를 질렀다. 그때였다.

번쩍!

"뭐야?"

"뭐지?"

"젠장!"

메탈사이퍼들이 소리를 질렀다.

오열은 털이 암기처럼 사방으로 날아오는 것을 보고 순간적으로 바닥으로 굴렀다. 이영 역시 몸을 날렸다. 하지만 그녀는 조금 늦었다. 수십 개의 가시 같은 털이 몸에 부딪혔다.

힐러들의 힐이 쏟아져 들어왔다. 그사이 아닥사고라스의 털이 무지막지하게 날아와 강타를 했다.

힐이 들어오는 데에도 데미지가 꾸준하게 들어왔다. 그리고 상당한 고통이 느껴졌다. 힐러들의 힐이 상처를 치료했다.

크아앙.

아닥사고라스가 포효를 터뜨리고 앞발로 이영을 눌러서 찢어발기려고 했다.

"안 돼!"

"맙소사!"

아닥사고라스의 앞발에 눌린 이영이 죽기 일보 직전이었다. 힐러의 힐이 아니었다면 바로 절명했을 것이다.

오열은 그 모습을 보고 바닥에서 벌떡 일어나 에너지소드를 힘껏 찔렀다. 그런데 에너지소드가 필요 이상으로 깊이 들어갔다.

'어, 이상한데.'

오열은 아닥사고라스를 보고서는 자신도 모르게 중얼거렸다.

'아, 미안.'

아닥사고라스가 부들부들 떨며 펄쩍 뛰었다. 그리고 엄청난 고통에 몸부림을 쳤다.

이영은 벌떡 일어나 가까이에서 뒹굴고 있는 몬스터의 머리를 향해 힘껏 주먹을 날렸다. 온몸이 엉망이었다. 이 한 방 외에는 더 이상 힘을 쓰지 못할 것이라는 것을 그녀는 깨달았다.

그만큼 아닥사고라스의 공격은 정말 예상조차 하지 못했다. 고양이처럼 생긴 아닥사고라스가 털을 암기처럼 날리고 허점을 노려 앞발을 휘두를 줄은 전혀 생각하지도 못한 것.

아닥사고라스는 이영의 일격을 피하지 못하고 그대로 맞았다.

이번 일격은 이영이 모든 힘을 다해 강타한 것이었다. 당연히 피하지 못한 아닥사고라스는 정신을 차리지 못했다.

오열은 재빨리 가방에서 아다티움건을 꺼내 아닥사고라스를 향해 총을 쏘았다.

위이이잉.

아다티움건이 지척에서 예열을 할 때도 아닥사고라스는 정신을 차리지 못했다.

피우웅.

아다티움건에서 날아간 총알은 아닥사고라스의 배에 그대로 명중했다.

꿈틀.

'왠지 더 마비탄이 필요할 것 같아.'

오열은 어차피 재료값은 PMC에 청구를 하면 되기에 마비탄을 아끼지 않았다.

피웅.

두 번째부터는 예열하는 시간이 엄청 줄어들었다. 총을 새로 고쳐서 거의 연속으로 속사가 가능하게 되었다.

이영은 나지막하게 한숨을 내쉬었다. 이번 일은 장일성 소장의 잘못은 아니다. 자신이 준비되었다고 말했기 때문에 출동 명령이 떨어진 것이다.

'그동안 너무 안일했어.'

함뮤트 대륙에서 그녀는 거의 무적에 가까웠다. 아마스트라 숲의 몬스터는 기괴할 정도로 강했지만 모두 이겼다.

하지만 이곳 지구의 몬스터는 생각보다 강했다. 특히나 도심에 나타나는 몬스터는 생각보다 더 강했다.

이영은 아닥사고라스의 엉덩이를 보고서야 왜 몬스터가 그렇게 고통스러워했는지 깨달았다.

─어그로가 잡혔고, 마비가 시작되었다. 모두 공격, 맨 앞은 탱커들이 맡는다.

한민호 대령이 명령을 내리자 메탈사이퍼가 한꺼번에 아닥사고라스를 향해 덤벼들었다.

"닥공이다. 공격!"

"와우, 두 시간 동안 한 번도 못 맞췄었는데 대박이다. 역시 마비탄의 성능은 엄청나네."

"이오열 연금술사야 원래 유명한 능력자지만 조금 전의 그 여자 정말 대단하지 않았어? 무기도 없이 맨주먹으로 몬스터에게 엄청난 데미지를 주었잖아!"

"급이 달라. 한마디로 우리와는 급이 다른 각성자라는 거지."

메탈사이퍼 가운데 일부의 사람은 몬스터의 어그로가 잡히면 서로 대화를 하면서 전투를 하기도 한다.

모든 메탈사이퍼가 한꺼번에 공격을 하는 것이 아니라 서로 돌아가면서 하기 때문이다.

때문에 메탈사이퍼는 이야기를 하면서도 몬스터의 움직임에 집중을 해야 한다. 그렇지 않으면 아차 하는 순간에 위기를 맞이할 수 있기 때문이다.

이영은 천천히 뒤로 물러났다. 그러자 국가안전위원회의 장일성 소장이 나와 공주를 맞이했다.

"공주님, 수고하셨습니다."

"아, 왜 나오셨어요. 안 오셔도 되는데."

"허허허, 공주님이 처음 나오신 날이니 제가 어찌 가만히 있을 수 있겠습니까? 또한 제가 하는 일이 몬스터 퇴치를 관장하는 일인데요. 공주님 덕분에 오늘 쉽게 아닥사고라스를 잡을 수 있게 되었습니다."

이영은 장일성의 말에 고개를 가만히 흔들었다.

"오늘은 이오열 씨가 수훈이에요. 그분의 마비탄이 아니었다면 정말 위험했어요."

"하하하, 오열 군이야 말을 해서 뭐합니까? 그래도 오늘은 몬스터가 너무 빨라서 마비탄을 쉽게 맞출 수 없었는데 공주님이 그 기회를 만들어주셨습니다. 앞으로도 계속 부탁을 드리겠습니다."

"당연한 일이에요. 국민을 위해 무엇인가를 할 수 있다는 것은 영광스러운 일이니까요."

"그렇게 생각해 주시니 고맙습니다."

이영은 빙그레 웃었다. 공주로 태어나서 많은 특혜를 받고 자랐다. 이제야 자신이 국민들을 위해 할 수 있는 일이 있다는 것에 작은 기쁨을 느꼈다.

"그런데 공주님, 방어구를 새로 만들어야겠습니다."

"아, 네. 그렇죠? 저 때문에 힐러들이 고생을 많이 했어요."

"힐러뿐만 아니라, 오늘 전투에 참가한 모든 메탈사이퍼가 영웅입니다. 국민을 위해 이렇게 몬스터 퇴치에 힘을 써주니 말입니다."

장일성은 웃으며 이영을 에스코트하며 뒤에 있는 나이트 윙으로 가려고 했다.

한편 오열은 생각보다 쉽게 몬스터를 퇴치한 것에 흐뭇한 미소를 지었다.

이영의 가세는 몬스터 퇴치에 엄청난 효과를 가져왔다. 무엇보다 이영만큼 전투 감각이 뛰어난 메탈사이퍼는 없다. 또한 그녀의 파워는 상상을 초월한다.

'이제부터 몬스터 사냥이 쉬워지겠어.'

이영의 가세로 말미암아 모험을 더 이상 하지 않아도 되니 오열은 이를 드러내고 웃었다.

그때였다. 마비탄에 꼼짝을 못 하던 아닥사고라스가 갑자기 비명을 지르기 시작했다.

"뭐야?"

"윽!"

아닥사고라스를 공격하던 메탈사이퍼들이 순간적으로 꼼짝을 하지 못하고 휘청거렸다. 아닥사고라스의 비명을 들은 메탈사이퍼 중에서 몇 명은 귀에 피를 흘리며 쓰러지기도 했다.

"뭐야?"

한민호 대령은 자리에서 벌떡 일어났다. 전략 상황실은 몬스터 퇴치를 성공적으로 달성했다고 판단을 하여 마무리하려고 했다.

왜냐하면 이제까지 마비에 걸린 몬스터 중에서 이런 경우는 한 번도 없었기 때문이다.

아닥사고라스의 가죽이 붉게 물들었다. 호리호리하던 몸체도 갑자기 부풀어 올랐다.

한민호 대령은 모니터를 보면서 두 눈을 동그랗게 뜨고 할 말을 잊었다.

옆에서 '대령님!' 하고 소리를 지르자 그제야 정신을 차렸다. 그는 눈부신 속도로 마이크를 잡고 소리를 질렀다.

―위험하다. 가능한 몬스터에게서 떨어져라. 다시 말한다. 몬스터에게서 떨어져라. 급박하다. 모든 대원은 대피하라.

한민호 대령의 명령을 들은 메탈사이퍼들은 재빨리 퇴각을 하기 시작했다. 아닥사고라스의 몸은 시간이 지날수록 풍선처럼 부풀어 올랐다.

메탈사이퍼들은 명령에 따라 급하게 후퇴를 하기 시작했다. 그들도 눈이 있는지라 몬스터에게 이상이 생긴 것을 알아차린 것이다.

"젠장!"

"뭐 빠지게 튀어!"

"으악!"

오열은 아닥사고라스를 보고 무엇인가 잘못되었음을 깨달았다. 그는 뛰어가 에너지소드를 휘두르려고 했다. 몬스터가 더 커지기 전에 변이를 막아야 했다.

아닥사고라스는 계속 풍선처럼 부풀어 올랐다. 배나 커져 20미터나 되었다.

몬스터의 힘줄은 몸 밖으로 튀어나올 것처럼 굵어졌다. 눈은 빠질 듯이 앞으로 튀어나왔다. 또한 몬스터의 털은 송곳처럼 딱딱해졌다.

'위험해!'

오열은 자신의 아다티움 아머의 방어력을 믿었다. 몬스터의 변이가 완성되면 걷잡을 수 없는 대참사가 나올 것이 뻔했기 때문이다.

하지만 몬스터의 변이가 더 빨랐다. 아닥사고라스가 '캬아아앙!' 하고 포효를 하며 공중으로 도약한 후에 펑 하고 터졌다.

아닥사고라스의 몸은 산산이 부서져 사방으로 쏟아졌다.

"으악!"

"악!"

"내 팔!"

"내 다리!"

미처 피하지 못한 메탈사이퍼들이 비명을 지르며 쓰러졌다. 몬스터의 피와 뼈, 살이 비수처럼 변해 사방으로 날아간 것이다.

오열은 돌진하다가 멈춰 섰다. 에너지소드를 휘두르기도 전에 사건이 발생했다. 오열은 아다티움 아머의 HP가 빠르게 소진되는 것을 보고는 뒤로 물러났다.

대참사였다. 대피하지 못한 메탈사이퍼는 모조리 크나큰 부상을 입거나 죽었다.

오열은 몬스터의 피와 인간의 피가 범벅이 된 현장에서 한동안 꼼짝을 못 하고 서 있었다.

왜 이런 일이 일어나야 하는지, 그리고 앞으로 인류는 어떻게 해야 할지 감이 오지 않았다.

"힐러들, 빨리 힐을 해!"

"힐을 줘!"

뒤에 있던 힐러들은 다행하게도 이 참사에서 대부분 벗어 나 있었다. 원래 힐러들은 몬스터의 어그로가 될 것을 고려하 여 뒤에 배치된다.

뒤에 있다 보니 전체적인 흐름이 눈에 잘 들어온다. 그래서 그들은 한민호 대령의 대피 명령이 있기 전에 위험을 간파하 고 물러났었다.

힐러들의 힐이 들어가자 부상자들 상당수가 회복되기 시 작했다.

하지만 팔이 잘리고 다리가 떨어진 메탈사이퍼들은 고통 으로 혼절하거나 비명을 지르고 있었다.

─의무대는 빨리 현장으로 가서 부상자들과 그들의 손상 된 신체를 찾아 병원으로 호송한다.

한민호 대령은 명령을 내리고 나서 즉각 구조비행정을 요 청했다. 사고가 난 지 10분도 안 되어 구조비행정이 도착해서 부상자들을 수송하기 시작했다.

"하아~ 정말로 믿을 수 없는 일이 벌어졌어."

오열은 참혹한 현장을 보고 자신도 모르게 중얼거렸다.

메탈사이퍼들이 착용하는 메탈아머는 파손되지 않는 한 신체의 일부가 손상되지 않는다. 예외가 있다면 외부로 노출 된 머리뿐이었다.

시간이 지나면서 사건 현장은 빠르게 정리되기 시작했다.

부상자들이 병원으로 간 후에 전투에 참여한 메탈사이퍼도 귀가하기 시작했다.

오열도 나이트윙을 타고 집으로 돌아왔다.

오열은 피곤한 몸을 침대에 누이며 오늘 벌어진 일들을 생각했다. 그동안 오열이 참가한 전투에서 이렇게 많은 부상자가 나온 적은 처음이었다.

하지만 문제는 지금부터였다. 워낙 엄청난 대참사여서 사건 보도가 실시간으로 중계되었다.

또한 몬스터 학자를 비롯하여 몬스터 전문가들이 나와서 오늘 일어난 참사의 원인을 분석하기 시작했다.

─뉴스 속보입니다. 오늘 오후에 도심 인근에 대형 몬스터를 퇴치를 하던 중에 사상자가 발생했습니다. 그런데 그 수가 무려 100여 명에 달한다고 합니다. 왜 이런 참사가 발생하게 되었는지 현장에 있는 기자를 불러 알아보도록 하겠습니다. 김창남 기자 나와 주세요.

─예, 저는 사건이 발생한 경기도 양평군 용문면 신점리의 용문산 일대에 나와 있습니다. 오늘 사건을 요약해 드리자면 대형 몬스터가 도심 주변에 출몰하자 즉각적으로 인근에 있는 메탈사이퍼들과 국가안전위원회(NSC) 소속 '용의 기사단'이 출동하였습니다. 아닥사고라스라고 하는 몬스터는 고양이처럼 생긴 몬스터로 크기가 무려 10여 미터에 달한다고 합니다. 처음 출동한 메탈사이퍼들은 이 아닥사고라스를 제

대로 상대조차 하지 못했습니다. 몬스터가 너무 빨라 대처가 되지 않았던 것입니다. 하지만 연금술사 이오열 대원과 이름이 밝혀지지 않은 권사로 보이는 메탈사이퍼의 가세로 말미암아 무사히 몬스터를 제압하게 되었습니다. 이오열 연금술사의 마비탄에 적중한 몬스터는 마침내 제압되었습니다. 하지만 몬스터가 죽기 일보 직전에 자폭을 하였습니다. 이 자폭으로 말미암아 100여 명의 사상자가 발생하게 되었고 부상자들은 즉시 인근 병원으로 수송이 되어 치료를 받고 있습니다. 새로운 사실이 밝혀지면 그때 다시 말씀드리도록 하겠습니다.

―네, 김창남 기자였습니다. 지금 이 시간에는 이철 국왕 전하가 있는 왕궁과 국회에도 방송차가 나가 있습니다. 먼저 왕궁의 대처를 살펴보도록 하겠습니다. 남희열 기자가 보도해드립니다. 남희열 기자, 나와 주세요.

TV화면이 다시 바뀌었다. 기자가 왕궁 앞에서 왕실의 대책을 보도했다.

이후에 국회의 대책도 보도되었다. 이후에 각계의 전문가들이 나와서 자신의 의견을 말하기 시작했다.

―이번 사건을 통해 대형 몬스터도 변이가 이루어지는 것을 알 수 있습니다. 대책이 시급합니다.

―몬스터의 변이는 연금술사의 마비탄과 연관이 있는 것 같습니다. 초기에 나타난 몬스터는 재래식 무기로도 퇴치가

가능했습니다. 지금도 어느 정도는 가능할 것으로 보입니다. 다만 무서운 것은 재래식 무기에 반응하는 극소수의 몬스터들입니다. 재래식 무기에 노출된 몬스터는 10마리에 1마리 꼴로 변이가 이루어졌고 변이가 이루어진 몬스터는 상상도 할 수 없을 만큼 강해지곤 했습니다. 따라서 군부대가 몬스터 퇴치에 소극적으로 대처하게 되는 원인이 되었습니다.

─저도 그 의견에는 동의합니다. 하지만 대형 몬스터를 퇴치하는 데 마비탄을 사용하지 않으면 몬스터 퇴치가 되지 않습니다. 이번에도 수백 명의 메탈사이퍼가 출동하였지만 손도 대지 못하고 있었지 않았습니까? 이런 상황에서 마비탄을 사용하지 않는다? 이 말은 몬스터를 퇴치하지 않겠다는 말과도 같습니다.

─그 의견에는 저도 동의를 합니다. 문제는 이번 몬스터의 변이가 마비탄과 직접적인 연관이 있느냐도 밝혀야겠지만 더욱 문제는 메탈사이퍼의 장비입니다. 사상자의 대부분은 새로 만들어진 메탈아머가 아니라 기존의 아머였습니다. 이는 방어력이 약한 메탈아머를 착용한 메탈사이퍼가 전투에 참여하면 위험하다는 말과 같습니다.

─기존의 장비를 충당하는 시스템이 근본적인 문제입니다. 능력자로 각성한 메탈사이퍼에게 정부는 초기 장비를 제공하고 이후로는 지원이 거의 없다시피 합니다. 물론 소속 길드의 도움이 있겠지만 개인이 비싼 장비를 맞추는 것은 쉬운

일이 아닙니다. 이는 군인을 전쟁터에 내보내면서 총과 칼조차 손에 쥐어주지 않고 싸우라는 말과 같습니다. 이게 말이 됩니까?

─국민들의 의식 변화도 있어야 해요. 메탈사이퍼가 몬스터 사냥으로 상당한 부를 축적하고 있지만 그들은 국민의 안전을 위해 싸웁니다. 도시 인근에 대형 몬스터가 나타나면 이철 국왕의 명령에 의해 무조건 출동해야 합니다. 즉 모든 메탈사이퍼는 강제 동원을 당하는 것인데요, 그런데도 그들에게 지원조차 없다는 것은 말이 안 됩니다.

─하지만 메탈사이퍼의 장비는 수백억에서 수천억에 달합니다. 이를 개인이나 길드에서 전적으로 부담한다는 것은 부당한 일입니다.

─그렇다면 모든 메탈사이퍼의 장비를 국가에서 지원해 줘야 하는데 세원의 확보가 문제입니다. 이는 세금의 증가로 이어지는데 국민들이 이를 감내할 수 있느냐 하는 문제입니다.

─감내하지 않는다면 죽어도 좋다는 말인데, 그 말씀에는 어폐가 있습니다.

─네, 맞습니다. 제가 볼 때는 기존의 강제 동원은 문제가 있습니다. 우리나라에 있는 메탈사이퍼가 약 3만 명에 달합니다. 그들 모두의 장비를 국가가 지원해 줄 수도 없을 뿐만 아니라 새로운 형태의 메가메탈아머의 소재 중 일부는 지구

에서 나지 않는 것으로 알려져 있습니다. 때문에 기존의 시스템을 뜯어고쳐야 합니다.

—그렇다면 어떻게 개선을 해야 하겠습니까?

—먼저 국가안전위원회 산하의 '용의 기사단'을 대거 늘리는 것입니다. 한정된 이들에게 국가가 장비를 제공하면 세원 확보는 어느 정도 해결될 것입니다. 또한 두 번째는 몬스터 조기 경보 시스템에 더 많은 투자가 있어야 한다고 봅니다. 지금도 몬스터 조기 감시가 잘 이루어져 몬스터가 도심에 들어오기 전에 차단하고 있습니다. 하지만 지금의 시스템으로는 인근에 있는 메탈사이퍼를 동원하는 것 외에는 뾰족한 수가 없습니다. 그러니 몬스터가 도심에 출몰하는 것을 방어하는 것뿐만 아니라 미리 몬스터를 발견하여 퇴치하는 시스템으로 전환하여야 합니다.

방송국뿐만 아니라 신문, 인터넷, SNS 등에서 이번에 몬스터의 변이는 대형 사건으로 취급되었다.

사람들은 공포에 떨면서도 막상 세금이 올라가는 문제에서는 선뜻 동의를 하지 못하였다. 또한 국회는 여론을 생각해서 강하게 밀어붙이지 못하였다.

다른 사람의 불치병도 나의 작은 병보다 못한 법이다. 메탈사이퍼가 죽는 것은 안타까운 일이지만 주머니 사정이 팍팍한 현실에서 세금이 늘어나는 것에는 쉽게 동의하지 않았다.

＊　　　＊　　　＊

　NSC산하 전략 상황실.

　장일성 소장, 한민호 대령, 김동혁 소령, 이영 공주, 이명후 총리와 몬스터 분야의 전문가들이 자리에 배석했다.

　원래는 국가안전위원회의 회의에 이명후 총리와 전문가들이 참가한 것이다. 당연히 이 회의의 주재자는 장일성 소장이다.

　"먼저 비디오를 보시겠습니다."

　김동혁 소령이 긴장을 바짝 한 채로 비디오를 틀었다. 전략 상황실에는 36대의 화면이 있는데 그 중앙의 가장 큰 화면에서 며칠 전에 일어난 전투를 보여주었다.

　"보시는 바와 같이 몬스터는 마비탄에도 불구하고 광폭화가 일어났고 사망자 47명, 중상자 15명, 경상자 41명으로 총 103명의 사상자가 발생했습니다. 이와같이 사상자가 많이 발생한 이유는 몬스터의 자폭도 문제지만 메탈사이퍼의 약한 방어복이 치명적이었습니다. 가장 가까이에 있던 대원 중에서 최근에 장비를 교체한 45명 중에서 사망자는 0명, 중상자 3명, 경상자 15명으로 파악되었습니다."

　한민호 대령의 보고가 끝나자 난상토론이 이어졌다. 가장 먼저 이명후 총리가 입을 열었다.

"TV에서와 같이 마비탄이 몬스터의 변이를 가져온 것인 가?"

"그렇게 볼 수는 없습니다. 던전에서 서식하고 있는 마리 터스라는 쉽게 광폭화에 빠지는 몬스터로 버서크에 빠지기 전에 파티원이 무한 극딜로 몬스터를 죽이면 쉽게 사냥을 할 수 있습니다만, 일단 광폭화가 일어나면 사냥하기가 어 려워집니다. 어그로 자체가 잡히지 않을 뿐만 아니라 개중 에는 아닥사고라스처럼 자폭하는 몬스터도 존재합니다."

"그렇다면 이오열 대원의 마비탄과 몬스터의 변이는 무관 하다는 것인가?"

"확정적으로 말하기는 힘듭니다. 몬스터가 광폭화나 자폭 이 일어나기 전에 몬스터를 해치우면 됩니다. 대형 몬스터의 경우에 문제는 도심 주변에 출몰할 때 개체의 종이 다 달라서 어떤 몬스터가 아닥사고라스처럼 광폭화가 나타날지 알 수 없다는 것입니다."

"그렇다면 방법은 뭔가요?"

"전문가들의 말처럼 메탈사이퍼의 장비를 교체하는 것만 이 최선입니다."

"하지만 그걸 누가 몰라서 묻나요? 돈이 없지 않나? 돈 이."

"자유와 평화에는 대가가 따릅니다. 국민들도 이제는 안전 에 대한 값을 치러야 한다고 봅니다."

"어허, 그건 좀."

토론 중간에 이명후 총리가 난처한 듯 헛기침을 했다. 아무래도 국민 여론에 가장 예민한 사람은 정치인인 그였다.

"총리님, 싼 떡은 싼값을 합니다. 여자들이 왜 시장표보다 명품 가방을 선호하는지 아십니까?"

"그 질문은 다분히 어떤 의도가 있는 것 아니오?"

"의도라고까지 할 것이 있겠습니까? 총리님께서도 보시다시피 뾰족한 수가 없으니 여기 모인 것 아닙니까? 국민들은 불안해서 못 살겠다고 하면서도 세금은 올리는 것은 반대다 하니 뭐, 그렇다면 계속 이대로 가야죠."

"커험, 이 사람. 누가 그렇다는 말인가? 미안하네. 계속해 보게."

"우리나라에 있는 메탈사이퍼는 약 3만 명. 새로 각성하는 신규 메탈사이퍼를 고려한다면 지금까지의 희생은 충분히 커버를 할 수는 있습니다. 하지만 이번처럼 위험 상황이 자꾸 오면 이철 국왕 전하의 총동원령에 반발하는 메탈사이퍼가 등장할 수도 있습니다. 메탈사이퍼가 집단적으로 딴 마음을 먹고 이웃 나라로 망명이라도 한다면 이는 국제적인 망신일 뿐만 아니라 국가 안보에도 큰 문제가 생길 것입니다. 또한 북한 지역의 계속적인 지원 요청을 언제까지 무시할 수도 없습니다. 현재는 북한에 있는 능력자를 각성하는 데 도움을 주고 있지만 더 많은 지원이 필요한 상황입니다."

"만약 교체를 한다면 어떻게, 또 얼마의 돈이 듭니까? 뭘 알아야 추경예산이라도 편성을 하지."

이명후 총리가 마침내 결단을 했는지 예산 문제를 끄집어냈다.

"지금까지는 길드 위주로 장비 개선이 이루어졌지만 이제는 그렇게 하는 것을 멈추고 특화된 부대가 필요합니다. 그리고 그들에게 많은 투자를 해서 국민의 안전을 지켜야 합니다. 아시다시피 장비를 만드는 데 들어가는 에너지스톤과 마나석은 지구에 없고 우주선 지니어스23호에서 포탈로 가져오는 것들입니다. 그 상당수가 이오열 연금술사가 채취한 것입니다."

"광물 채취가 왜 꼭 그 연금술사여야만 하는 것이오? 우리나라의 과학기술로 불가능하오?"

"기계적인 접근은 물론 가능하며, 저희 측의 우주대원도 채취가 가능은 합니다. 그런데 그 행성의 자원을 채취하는 것이 우리나라만 하고 있는 것이 아니라 미국, 일본, 중국 측도 있습니다. 한정된 자원을 채취하는 데에는 특수한 능력자가 필요합니다. 일본과 미국은 자체적으로 자원 채취가 가능합니다. 하지만 우리나라의 경우 빠른 시간에 질 좋은 광물을 채취하는 데는 노련한 연금술사의 도움이 절실합니다. 사실 저희 측 요원이 채취한 광물도 솔직히 꽤 됩니다. 하지만 우주요원 중에서 능력자로 각성한 요원이 극소수인데다가 광부나 연금술사가 전무한 편이라 그렇습니다."

"다른 나라들은 어떻게 하고 있소?"

"우리나라를 포함하여 우주함선으로 파송된 네 나라는 몬스터 퇴치에 문제는 없습니다. 다만 다른 나라들은 UN의 도움으로 아바타로 자원을 채취하고 있습니다만 상황이 좋지는 않습니다."

"장비를 만드는 데 얼마나 들겠소?"

"지금까지 나타난 대형 몬스터의 경우 약 300명이면 커버가 될 것입니다. 따라서 여유 인력까지 생각해서 약 900명의 메탈사이퍼는 있어야 된다고 봅니다."

한민호 대령의 보고에 이영후 총리가 끙 하고 앓는 소리를 냈다.

안 봐도 비디오다. 수백 조의 돈이 든다는 소리였다.

이영후 총리가 고심을 하는 눈치를 보이자 토론을 하던 사람들도 말을 아꼈다.

결국 이 회의에서 가장 중요한 사람은 왕실 측 대표인 장일성 소장과 내각의 대표인 이명후 총리다. 이들이 결심만 한다면 사실 토론도 필요가 없다.

"오늘은 이만합시다. 나도 생각을 해봐야겠소. 며칠 안으로 결정을 내리도록 하겠습니다."

이명후 총리가 장일성 소장을 보고 말하자 장일성 소장이 웃으며 동의를 한다.

모두 이영 공주에게 인사를 하고 물러났다. 장일성 소장은 이영 공주와 함께 사무실로 가서 이야기를 더 나눴다.

"공주님, 이번에 공주님이 보이신 활약에 감동을 하였습니다. 그런데……."

"제 장비가 필요하다는 말인가요?"

"네, 그렇습니다."

장일성 소장이 조심스러운 표정으로 대답했다. 일국의 공주를 떠나 눈앞의 이영은 한국 최고의 메탈사이퍼다.

공주의 신분이 아니었다면 그 활용도가 무궁무진했을 것이다. 뒤늦게나마 아바타로 접속할 수 있게 되어 천만다행이다.

"그럼 어떤 무기가 제게 맞을까요?"

"제가 메탈드워프에게 의뢰를 해본 바 스킨 형태로 착용할 수 있는 무기를 만들 수 있다고 합니다. 다만 공격력을 강화하고 방어력을 올려서 공주님이 탱커를 하시는 것은 어떠신지요?"

"좋아요. 그것이 국가에 도움이 된다면 그렇게 하겠어요."

"감사합니다, 공주님."

*　　　　*　　　　*

오열은 PMC에서 나온 이만열 부장과 커피를 마시며 그에게 이야기를 듣고 있었다.

이번 아닥사고라스의 대참사 이후 PMC 역시 기존의 방식으로는 더 이상 대형 몬스터를 퇴치할 수 없다는 것을 깨달았다.

가장 문제가 되는 것은 국민 여론이었다. 여론은 아직까지는 세금 인상에 반대를 하고 있지만 메탈사이퍼의 반발 또한 무시할 수 없다.

100여 명의 사상자가 났으니 능력자들이 흔들리는 것은 불을 보듯 뻔했다. 던전 사냥에서 간혹 부상자가 나오긴 해도 사망자가 나오는 경우는 1년을 가도 몇 명 나올까 말까 했다.

그나마도 새로운 던전을 개척하는 경우가 아니라면 거의 없다시피 했다. 그런데 국가에서 부를 때마다 메탈사이퍼가 죽어나간다면 누가 그것을 받아들이겠는가?

"그러니까 공주님이 앞으로 탱커로 나서실 것이라고요?"

"네, 그렇습니다. 그래서 이번에 공주님이 착용하실 장비와 무기를 새로 만들고자 합니다."

"뭐, 그녀라면 확실하겠죠."

"하하, 오열 님께서도 그렇게 생각하시는군요."

"네, 그녀는 최고의 메탈사이퍼니까요. 그녀가 적극적으로 나서준다면 몬스터 사냥이 훨씬 쉬워질 것입니다. 그렇다면 제가 어떻게……?"

"이미 왕실에서 최고 등급의 마정석을 확보해 놓고 있습니다. 에너지스톤과 마나석만 있으면 됩니다."

"그렇군요. 제가 필요한 것은 만들어 드리죠."

"그런데 경비는……?"

"공주님께 신세를 진 것도 있으니 이번에는 받지 않도록 하겠습니다."

"아, 감사합니다. 공주님을 대신하여 감사인사를 드립니다."

"뭐, 그녀가 강해져야 몬스터를 쉽게 잡으니. 그게 저에게도 이득이에요."

"그리고 저희 정부에서 메탈사이퍼가 앞으로 사용하게 될 장비들에 대한 단가 조정을 해주셨으면 합니다. 아시다시피 정부 예산에 한정이 있다 보니……."

이만열 부장의 말에 오열은 말없이 고개를 끄덕였다.

이제 돈은 쓸 만큼 모았다. 더 이상 수전노처럼 모으지 않아도 평생 쓸 것이 있으니 마음이 여유로워졌다.

"그렇게 하죠. 기존의 단가에서 30% 정도 가격을 내리겠습니다."

"아, 정말 감사합니다. 오열 님이야말로 우리 시대의 영웅이십니다."

"정말요?"

"물론입니다. 이전에도 도심에 나타난 대형 몬스터는 모두 오열 님이 잡으시지 않으셨습니까? 이제 공주님까지 가세하였으니 한동안은 안심입니다."

이만열이 한동안 안심이라고 말한 이유는 몬스터의 진화가 끝나지 않았기 때문이다.

몬스터가 강해지는 만큼 메탈사이퍼의 장비가 강화된다면 인류는 살아남을 것이고 그렇지 않다면 멸망하게 될지도 모른다.

"그리고 한동안 길드의 장비를 교체하는 것을 하지 말아주십시오."

"그건 또 왜……?"

"던전 사냥에서 사상자가 발생하는 경우는 극히 예외적이지 않습니까? 급한 것은 도심에 나타나는 대형 몬스터입니다. 그리고 이제 그들은 특화된 부대가 상대하게 될 것입니다."

오열은 이만열 부장의 말을 듣고 속으로 '이런, 젠장!' 하고 소리를 질렀다. 보나마나 자신은 그 특수부대에 속할 것이 뻔했기 때문이다.

"그러죠."

오열은 마지못해 대답했다.

정부의 요구대로 해준다고 하더라도 사실 손해 보는 것은 별로 없다. 원래 장비 교체를 해주면서 받는 것 자체가 폭리였고, 메탈드워프가 마정석을 가공하고 남은 부산물을 모두 수거하여 창고에 쌓아놓았기 때문이다.

메탈드워프에게는 버려지는 쓰레기지만 연금술사인 그에게는 모두 생명에너지로 만들어서 다시 카오스에너지로 환원시킬 수도 있으니 그것들 모두가 돈이었다.

지금 창고에 있는 것만 팔아도 족히 조 단위는 나올 어마어마한 양이 쌓여 있었다.

더 나이트 길드원이 착실하게도 매일 수거하여 창고에 차곡차곡 쌓아놓고 있었다. 따라서 오열은 가만히 있어도 돈이 마구 불어나고 있었다.

이영 공주의 장비를 만드는 작업은 전격적으로 이루어졌다. 탱커형 장비이기에 데미지는 물론 방어력도 고려해야 해서 들어가는 재료가 어마어마했다.

'와우, 죽이는데.'

공룡이 와서 때려도 끄떡없을 것 같았다. 이영 공주의 아바타이기에 에너지스톤을 많이 넣어 마정석의 효율을 극대화하였다.

일반 메탈사이퍼는 위험 대비를 해야 하기에 에너지 증폭에 한계가 있다. 하지만 아바타의 경우는 위험도가 낮기에 과감하게 높일 수 있는 것.

또한 재료가 왕실에서 나왔기에 일반인들이 상상도 할 수 없는 좋은 재료들이다. 장비만 놓고 본다면 거의 괴수급이다.

"앞으로 정부는 최고의 등급을 받은 메탈사이퍼에게 아바타 사용을 허락할 것입니다. 곧 오열 님도 허가가 날 예정입니다."

"그래요?"

"네, 그렇습니다."

"그렇다면야."

아바타로 접속하여 전투를 한다면 지금보다 더욱 과감하게 싸울 수 있다. 이것이 사실 더욱 거대화 되는 몬스터에 대항하는 유일한 방법이기도 했다.

오열은 이만열 부장과의 대화를 통해 정부가 어떤 생각을 가지고 있는지 알게 되었다.

대형 몬스터에 특화된 부대를 창설하는데 그중에서 최전방에서 싸우는 대원에게는 아바타를 지원해 줄 생각인 것 같았다.

생각해 보니 함뮤트 행성에 있는 군인들도 이미 두 개의 아바타에 접속을 해서 지구에 있는 가족을 만나고 다른 한 기는 자원을 채취하는 데 사용하지 않는가.

그러니 지구에서도 그렇게 하지 못할 이유가 없는 것이다. 최고등급의 각성자에게만 아바타 사용 허가를 한다는 것은 어차피 저등급의 각성자는 아바타를 사용해도 효과가 별로 없기 때문인 것 같았다.

아바타를 만드는 가격 역시 무시를 하지 못한다. 재질 역시 지구에서 나지 않는 물질이 있어 많은 수의 아바타를 만드는 것은 곤란하다.

하지만 이영 공주가 탱커의 역할을 한다면 어그로 하나만큼은 확실하게 잡힐 것이고, 그렇게 된다면 사냥 역시 수월해질 것이다.

'당분간은 괜찮아지려나?'

탱커와 몇몇 핵심 딜러에게 장비를 개량해 준다면 성과는 분명히 있을 것이다.

오열이 생각해 봐도 이 방법밖에 없다는 결론이 나온다. 하지만 이렇게 되면 또한 문제가 생긴다.

고등급을 받은 메탈사이퍼의 자유가 저당 잡히게 된다는 것. 이래저래 오열은 마음에 들지 않았다.

오열은 이영 공주의 방어복을 만드는 작업에 참여했다. 먼저 나머지 작업은 모두 메탈드워프가 하니 오열이 할 일은 별로 없었다.

디자인에 맞춰 HP를 올려주는 일만 하면 끝이다. 그렇게 하기 위해 넥타 정제를 했다.

에너지스톤과 마나석, 마정석을 메탈드워프가 정제하면 넥타로 중화시키면 된다. 다만 워낙 값비싼 부품들이라 조금 신경이 쓰일 뿐이었다.

"자, 어떤가?"

메탈드워프 장삼지가 자랑스럽게 메탈아머를 오열에게 보여줬다. 통 아다티움 합금으로 만들어진 메탈아머. 은회색의 아머 위에는 아름다운 문양이 새겨져 있었고 디자인은 무척이나 세련되었다.

"훌륭하네요. 이거 흠집이 날까 무서워서 전투를 제대로 하겠습니까?"

"하하하."

오열의 말에 장삼지가 껄껄 웃었다.

"이것을 만드는데 한 달 이상 걸렸네. 최고의 재료와 최고의 장인이 모두 참여하여 만들었지. 이제 최고의 성능이 나오도록 하는 일은 자네가 만들어야지."

"네네, 공룡이 와도 끄떡없게끔 만들어 드리죠."

오열은 주황색 마정석을 보며 입맛을 다셨다. 보석처럼 영롱한 마정석이 극도로 작아졌다.

아무리 생각해도 메탈드워프는 사기적인 캐릭터다. 사람 머리통만 한 마정석을 작은 구슬 크기로 만드는 것은 연금술사도 쉽게 하지 못한다.

그런데 이런 주황색 마정석이 방어구에 세 개나 들어갔다. 마정석 가격만 해도 1조 5천억 이상 되는 어마어마한 메탈아머다. 들어간 에너지스톤과 마나석을 생각하면 도무지 가격 측정이 안 된다.

오열은 정교하게 넥타를 조정하여 에너지스톤과 마나석이 잘 융화되도록 만들었다. 만약을 위해서 케이스에 강화 마법진을 새겨 넣었다.

아다티움 위에 새겨진 마법진은 핵이 터져도 부서지지 않을 것이다. 원래 아다티움 합금 자체가 강도가 엄청난 것인데 거기에 마법진까지 넣었으니 말이다.

"자네는 딸랑 그런 것을 하고 200억씩 받았나?"

장삼지가 부러운 눈으로 오열을 바라보며 말한다. 오열은 피식 웃었다.

"그러는 메탈드워프들은 크기 좀 줄여놓고 수십억씩 받지 않았어요?"

"커험."

날로 먹기는 메탈드워프나 연금술사나 모두 한통속이다.

"마정석 깎고 남은 것은 어디 있어요?"

"여기 있네."

메탈드워프가 큰 통 하나를 내밀었다. 오열이 받아 들고 희죽 웃었다. 최고급 주황색 마정석을 깎고 남은 것은 오열의 손을 거치기만 하면 모두 돈이 된다.

대체로 메탈드워프들이 마정석을 정련할 때 에너지 손실률이 약 30%에 달한다. 오열은 이것을 연금술로 생명에너지로 바꿀 수 있다.

생명에너지를 다시 카오스에너지로 치환할 수 있기에 남들 눈에는 쓰레기이지만 오열에게는 이게 다 돈이다.

"그걸 가지고 뭐하나?"

"영업 비밀을 왜 알려고 하십니까? 생기는 것이 있으니까

달라는 거죠. 연금술사는 대표적인 망캐 아닙니까? 뭐든 실험을 해야 되는 캐릭터인데 아껴야 잘살죠."

"커험, 그렇군."

"그런데 공주님 무기는 안 만들어요?"

"만들고 있네. 마정석을 아직 구하지 못해서 못 만들고 있네."

"그건 또 얼마나 대단한 것을 만들려고?"

"공주님이 사용하시는 것이니 최고의 것으로 해야지."

"쩝……."

오열은 상상이 안 갔다. 사실 이영은 공주라는 신분을 떠나서 한국 최고의 메탈사이퍼니 이런 대우는 당연한 것일 것이다.

하지만 자신이 처음 각성했을 때 달랑 받은 보급형 무기와 비교를 하면 차이가 나도 너무 나서 허탈할 지경이었다.

'난 1억짜리 칼 들고 겨우 알바 시작했었는데. 누군 조 단위의 무기를 들고 작업하겠네.'

불만이 있는 것은 아니지만 위화감이 드는 것은 어쩔 수 없었다. 역시 한 나라의 공주는 다르긴 다르다는 생각이 들었다. 서민은 아무리 돈을 많이 벌고 능력이 뛰어나도 귀족이 될 수 없는 법이다. 알고는 있었지만 씁쓸했다.

오열은 한숨을 내쉬고 마지막 작업을 마무리했다.

철컥.

드디어 메탈아머가 완전한 형태를 갖추었다.

지이이잉.

주황색 빛이 메탈아머를 살짝 덮었다. 시간이 지나면서 은회색의 메탈아머가 뚜렷한 형태를 갖추기 시작했다.

"굉장하군요."

오열의 말에 메탈드워프는 말없이 고개를 끄덕였다. 그 역시 메탈아머의 완성품은 지금 처음 본 것이다.

오열이 에너지세트를 끼워 넣음으로 축 처져 있던 메탈아머가 마치 메탈사이퍼가 착용한 것처럼 탄탄해졌다.

"이름이 뭐죠?"

"메가메탈아머라네."

"뭔 이름이 그래요? 그냥 막 지은 것 같은데……."

"그냥 아머 이름이 그렇다는 것이고, 정식 이름은 공주님이 직접 지으셔야지."

"그렇군요."

오열은 고개를 끄덕였다. 이제 자신이 해야 할 일은 다 끝났다.

"그럼 전 가보겠습니다."

"수고했네. 잘 가게."

메탈드워프의 배웅을 받고 오열은 집으로 돌아왔다. 그는 피식 웃었다.

오늘 수고비는 받지 않았지만 주황색 마정석 세 개를 작업한 부산물을 얻었다. 사실 장비를 만들어 판 이래 오늘이야말로 가장 많이 이득을 본 날이다.

'후후, 연금술사가 괜히 납으로 금을 만든다고 뻥친 줄 아나? 다 이런 속임수가 있기 때문이지.'

이영은 새로운 메탈아머를 받고 기분이 몹시 좋았다.

지난번 몬스터 사냥 시 방어복이 약해 무척이나 위험했다. 아바타라고 쉽게 생각할 수 있는 것이 아니다.

아바타가 완성되기까지 최소 3개월에서 6개월이 걸린다. 만약 아바타가 망가졌는데 그 기간 중에 대형 몬스터가 쳐들어온다면 꼼짝 못 하고 당할 수밖에 없다.

이영은 메탈아머를 착용해 보았다. 두꺼운 아머가 몸을 감싸듯 착용이 되었는데도 마치 안 입은 것처럼 무척이나 가볍다.

'이제 힐러에게 덜 미안해지겠지?'

이영은 이렇게 생각하며 메탈아머의 HP를 보았다. 그리고는 입을 떡 벌렸다. 믿어지지 않는 수치였기 때문이다.

"나보고 정말 탱커를 하라는 말이었구나."

메탈아머의 HP는 무려 150만이나 된다.

'정말 신기하군!'

메탈아머에 들어가는 마정석과 에너지스톤, 그리고 마나석을 중화시키지 않았다면 지금의 3분의 1밖에 성능이 나오지 못했을 것이다. 3분의 1도 굉장한 수치이긴 했다. 이정도 HP라면 아바타가 아닌 본체로 해도 될 것 같았다.

'연금술이라는 것이 생각보다 대단하구나!'

이영은 국가안원위원회(NSC)의 자문 위원으로서 오열에 대해 보고를 받은 바가 있었다.

오열이 무엇보다 행성 R0178567에서 자원 채취를 잘한다고 하더니 재주는 땅만 파는 게 다가 아니었나 보다.

물론 그녀는 오열을 통해 함뮤트 대륙에서 수련하는 것이 지구에서 어떤 영향을 미치는지 잘 배웠다. 덕분에 이전보다 상당히 많이 강해질 수 있었다.

잠시 후에 시종장이 와서 저녁에 정경련 만찬에 참가해야 한다는 말을 전해왔다.

경제인연합회의 모임에 참가하는 것이 썩 내키는 것은 아니었지만 왕실의 상징성 때문에 누군가는 가야 했는데 그렇다고 이철 국왕이 갈 수는 없다. 그래서 만만한 이영이 선택되었다.

'이제 일반적인 모임은 줄여야겠어.'

언제 어느 때에 몬스터가 나타날지 모른다.

그래서 가능한 대중 앞에 서는 스케줄은 줄이고 왕실에서 주최하는 자선 행사에만 신경 쓸 생각을 했다.

7장

해마리안 해적

오열은 오랜만에 아만다와 함께 아바타에 접속했다. 그동안 오열이 혼자 접속하여 지니어스 23호에 갔다 왔다.

여행을 하면서 광맥 조사도 같이할 요량으로 이철수 대령에게 탐사 기계를 빌렸다.

기존에 가지고 있는 소형이 아닌 대형 기계로 수십 킬로미터 밖에 있는 자원도 캐치해 낼 수 있는 기계다.

"이제 어디로 가나요?"

아만다가 신이 나서 말한다. 오열은 빙그레 웃었다. 다행스럽게도 아만다가 아바타 접속을 하면서 건강해지기 시작했다.

"일단 바티안 왕국을 가려고 해. 거기서 연금술과 신화에 대한 것을 조사해야 할 것 같아."

바티안 왕국이라는 말이 나오자 아만다의 입술이 앞으로 툭 튀어나왔다. 오스만 왕국민인 그녀에게 바티안 왕국은 원수의 나라였다.

"가다가 구경도 하고 광물이 매장되어 있으면 작업도 좀 하려고."

"그렇구나. 그런데 난 바티안 왕국에는 안 갔으면 좋겠어. 자기, 차라리 타미르 제국이나 로두로스 제국에 가는 게 낫지 않아?"

"흠, 그것도 나쁘지 않은데 그렇게 되면 너무 돌아가는데."

"뭐 어때. 시간이 정해져 있는 것도 아니잖아?"

"그렇긴 해. 생각해 볼게."

"응, 자기야. 고마워."

아만다는 오열이 승낙을 하지 않았음에도 마치 허락한 것처럼 고맙다며 뺨에 뽀뽀를 해왔다.

이렇게 된 이상 바티안 왕국으로 가는 것은 틀렸다. 오열은 타미르 제국보다 상대적으로 가까운 로두로스 제국을 가볼 생각을 했다.

로두로스 제국은 바티안 왕국과 오스만 왕국의 전쟁의 빌미를 제공한 나라다.

로두로스 제국의 비탈리 황제의 초대를 받아 갔다가 바티안의 왕 크세노프 3세가 오스만의 루이스 2세에게 모욕을 받은 일이 있었다. 그 사건이 계기가 되어 바티안 왕국이 오스만 왕국을 침공했다.

다그닥 다그닥.

마차가 대로를 따라 이동했다. 여전히 마차는 올슨 용병이 몰았고 다른 두 명의 용병이 말을 타고 주위를 호위했다. 이번에 고용한 용병들이었다.

오스만 왕국의 끝자락에 있는 벨론. 일행은 한 달 동안 천천히 유람하면서 왔다.

"나리, 이곳에서부터는 배로 가야 합니다."

"그래야 할 것 같군."

오열이 마차에서 내리자 재빨리 용병 미첼이 다가와서 아만다가 내리는 것을 도왔다.

"이 강의 이름이 뭔가?"

"오다프로스 강입니다요. 아네스 산에서 발원하여 바다로 이어집니다요. 또한 이 강은 중간에 멜로스 왕국과 디오네 왕국을 경유합니다요."

"그럼 우리는 어디까지 가는 거지?"

"배를 타고 이로스 영지에서 내려 디오네 왕국으로 들어갔다가 육로로 로두로스 제국으로 가면 빠릅니다."

"그래?"

"네, 그렇습죠."

"그러면 식사를 한 후에 바로 출발하도록 하지."

"넵!"

새로 고용한 미첼과 다비안이 한 목소리로 대답했다. 도시는 항구가 있어서인지 꽤나 사람이 많이 돌아다니고 있었다.

오열은 식당에 자리 잡고는 음식을 주문했다. 오열과 아만다가 음식을 먹고 있었고 용병들은 옆 테이블에서 식사를 했다.

처음에는 같은 테이블에서 식사를 했는데 용병들이 어려워했다. 또한 오열과 아만다는 자주 자리를 비워야 하기에 용병들과 적당한 거리가 필요해서 며칠 전부터 따로 식사를 하기 시작했다.

웅성웅성.

오열과 아만다가 맛있게 식사를 하고 있는데 식당이 갑자기 소란스러워졌다.

'뭐지?'

오열이 포도주를 마시다가 눈을 들어 문을 바라보았다.

용병으로 보이는 20여 명의 사람이 식당으로 들어온 것이다. 용병들은 거친 일을 주로 의뢰 받는지 무척이나 거칠어보였다.

그중 하나는 얼굴에 검상이 나 있고 왼팔이 의수였다. 대장으로 보이는 자는 의외로 몸집이 작았다.

그들이 식당 안으로 들어오자 식사를 하던 사람들이 그들의 눈치를 보기 시작했다. 그들이 그러는 이유는 식당의 자리가 거의 없었기 때문이다.

"기다려야 하나?"

몸집이 거대한 용병이 굵직한 목소리로 말했다. 그는 지나가면서 주먹으로 테이블을 툭툭 쳤다. 오열의 앞에 와서도 탁자를 주먹으로 치려고 하다가 머뭇거리고는 다음 테이블로 넘어갔다.

"어지간히 먹었으면 이제들 다음 사람을 위해서 가주지그래?"

"아직 안 먹었는데……."

상인으로 보이는 남자가 볼멘소리를 하며 자리를 지켰다. 그뿐만 아니라 대다수의 사람이 자리를 지켰다.

아무리 용병이 험해도 이곳은 도시. 치안군이 있는 곳에서 행패를 부릴 수는 없다. 더욱이 용병이 말이다.

말을 꺼냈던 덩치도 자신의 말이 통하지 않자 얼굴을 붉히며 뒤로 물러났다.

"자식, 그러기에 왜 나서냐? 여기서는 덩치로는 안 통한다니까."

몸이 다소 마른 용병이 말을 하자 옆에 있던 용병들이 키득키득 웃었다. 오열이 보니 사람들이 아주 막 되먹지는 않아 보였다.

"저기, 용병님들. 제가 지나가야 하는데요."

음식을 나르는 급사가 조심스럽게 말을 꺼냈다.

"뭐야?"

"아니, 그래도 제가 지나가야 저분들이 식사를 빨리 하실 것이고, 그래야 자리가 날 것 같습니다만……."

"커험, 그럼 지나가라."

화를 내던 덩치가 피해주자 옆의 용병들도 종업원이 지나 갈 수 있도록 자리를 비켜줬다. 한바탕 사건이 벌어질 것 같았던 식당은 의외로 조용하게 지나갔다.

'웃기는 친구들이군.'

오열은 피식 웃고는 식사를 마저 했다. 용병들이 흘끗흘끗 아만다를 훔쳐보는 것을 보고 역시 남자는 어쩔 수 없다고 생각했다. 예쁘면 무조건 오케이다.

오열이 식사를 마치자 미첼이 다가와 아만다에게 차를 권했다. 식탐이 많은 아만다지만 아바타가 먹는 것은 그다지 신경을 쓰지 않는 편이라 수행원들이 시종을 들기가 쉬웠다.

수행 용병들이 식사를 마치자 오열은 올슨에게 필요한 물품을 구입하라고 밖으로 내보냈다.

그러자 다비안은 배편을 알아보러 갔고 미첼은 아만다의 옆에서 시중들 것이 없나 하고 아만다의 눈치를 살피고 있었다.

한참 만에 자리가 나자 문제의 용병들이 자리를 잡고 식사를 하기 시작했다.

"대장, 서둘러야 하는 거 아니우? 배가 곧 출발할지도 모르는데."

"배는 세 시간 후에 출발한다."

"아니, 그걸 어찌 아시우?"

"이곳에 오자마자 선착장에 존을 보냈었다."

"아, 그렇구려."

용병들도 배를 타려는 모양이었다. 식사를 서둘러 하는 모양이 바쁜 일이 있어 보였다.

"대장, 저기 앉아 있는 여자 정말 죽이지 않소?"

"신경 쓰지 마. 귀족 같으니까."

"정말이우?"

"너처럼 눈치가 없는 놈은 제명에 못 죽는다."

"헤헤, 그래서 내가 대장 따라다니는 것 아니우."

"조와 탄찬, 그리고 백은 식사를 빨리 하고 생필품을 구입하고 바로 선착장으로 오도록."

"네, 대장."

용병들은 생긴 것과는 달리 서로 사이가 좋아 보였다. 오열은 문득 용병 생활을 해보면 어떨까 하는 호기심이 생겼다. 급한 일만 없다면 이곳에서 새로운 모험을 해봐도 좋을 것 같았다.

'그러고 보니 내가 이곳에 오래 있었지만 제대로 된 생활은 거의 해보지 못했구나.'

오열의 아바타가 함뮤트 대륙에 와서 초기에 정착을 할 때 외에는 몬스터 사냥을 하거나 아니면 땅을 팠다.

아만다의 할아버지인 브로도스를 만나 연금술과 마법을 배운 것 외에는 추억다운 추억이 없다.

'지구에서의 일이 어느 정도 정리되면 이곳에서 느긋하게 여행을 해보자. 아바타라서 위험도 없으니 말이지.'

오열이 이런저런 생각에 골몰하고 있을 때 생필품을 사러 갔던 올슨이 돌아왔다.

"나리, 필요한 물품을 모두 구입해서 마차에 실었습니다요."

"아, 그래. 수고했네."

선착장에 갔던 다비드도 배표를 구해서 돌아왔다. 용병들의 리더로 보였던 남자의 말대로 배는 세 시간 후에 출발할 예정이었다.

"그럼 저희는 먼저 가서 기다리겠습니다요. 마차를 배에 실으려면 먼저 가 있어얍죠."

"그래, 수고하게."

올슨과 다비드가 오열에게 예를 표하고 식당을 나갔다.

오열은 느긋하게 식당에서 차를 마셨다. 오열과 아만다가 풍기는 묘한 분위기 때문인지 종업원은 물론 용병들도 함부로 다가오지 못했다.

오열이 일어서자 미첼이 식대를 계산했다. 식당을 나오니 선착장으로 이어지는 마차들이 줄을 지어 들어서고 있었다.

귀족으로 보이는 이들의 마차와 그 뒤에 배에 오를 수화물을 실은 마차였다. 오다프로스 강은 넓고 길어서 대륙을 이동하는 교통수단이자 교역의 통로 역할을 한다. 그래서 작은 벨론 마을도 이렇게 사람이 많은 것이다.

"물고기 요리를 먹을 걸 그랬나?"

오열의 말에 아만다가 옆에서 '나도 나도!' 하고 대답한다. 같이 산 지 꽤 되었지만 아만다는 여전히 오열이 하는 것이면 무엇이든 따라 하려는 경향이 있다.

요즘 들어서 옆집 똘이 엄마와 수다를 떠는 것이 많아진 것 외에는 말이다.

"자기야, 배를 타고 하는 여행은 정말 재미있겠다. 그렇지?"

"아닐걸."

"왜에?"

"처음에야 신기하겠지만 배에서 꼼짝도 못 하고 오랜 시간을 있어야 하잖아."

"그렇구나. 그럼 재미있는 게임을 하면 되지."

"그래, 배에서 식사 때가 되면 물고기 요리를 주문해서 먹자."

"응, 응. 나도 좋아, 물고기 요리."

오열은 아만다의 머리를 쓰다듬으며 손을 잡고 선착장으

로 걸어갔다.

선착장에는 작은 항구에 걸맞지 않게 큰 배가 많았다. 그 이유는 벨론 마을이 중간 기착지로써 생필품과 물 등을 보급하기 위한 곳이기 때문이다.

"나리, 이쪽으로 오시지요."

올슨이 앞장서서 안내했다. 마차와 말은 이미 배에 올랐고 생필품도 모두 챙겼다.

배를 타고 일주일 정도 남하하여 이로스 영지에 내리면 된다. 일차적으로는 디오네 왕국에서 여행을 좀 하다가 로두로스 제국으로 갈 생각이었다.

오열이 배에 오르고 나서 잠시 후에 배가 서서히 선착장을 벗어나기 시작했다. 선착장을 벗어나자마자 배는 곧 바다에라도 나온 듯 넓은 강을 따라 유유히 흘러가기 시작했다.

배가 항해를 시작하자 사람들이 다시 와자지껄 떠들면서 갑판에 모여 주변 경치를 구경하기 시작했다. 아만다는 한강을 몇 번 가보기는 했지만 이렇게 배를 타고 여행하는 것은 처음이라 몹시 흥분해 있었다.

한쪽 구석에는 식당에서 봤던 용병들이 모여 쑥덕이고 있었다. 오열은 그들이 유난히 긴장을 하고 있는 것이 이상하다는 느낌을 받았다.

용병은 소문과 정세에 민감한 존재이다. 정보가 곧 목숨과 돈으로 연결되는 경우가 의외로 많기 때문이다.

오열은 귀에 내력을 불러일으키자 용병들의 대화가 똑똑하게 들리기 시작했다.

"대장, 괜찮을까요? 요즘 해마리안 해적들이 날뛴다는데."

"해적이 왜 강으로 와?"

"해마리안 해적들과 보코소 영지의 영주 더글라스 자작과 그렇고 그런 사이라는 소문이 있지 않슈. 그리고 이 배는 이스턴 영지의 베르나인 남작의 배. 둘 사이가 앙숙이잖슈."

"나도 그 소문을 듣긴 들었다. 하지만 설마 영주가 그런 모략을 할 리가 있겠나?"

"그놈이 개잡놈이라 그런 일을 하고도 남을 놈이오. 그러니 한시도 긴장을 풀면 안 되오."

"그래, 조만간 보코소 영지와 이스턴 영지가 영지전에 들어간다는 말도 나돌던데."

"그 말은 나도 들었소. 더글라스 그 잡놈이 중앙 정계에 막대한 자금을 뿌렸다고 하더군요. 그래서 조만간 영지전 허가가 떨어질 것이라고."

"젠장. 또 죄 없는 사람들이 죽어나겠구만."

오열은 용병들의 대화를 엿들으면서 이쪽 세계도 전쟁과 질병, 그리고 통치자의 압제에서 자유롭지 못하다는 생각을 했다.

불과 얼마 전까지 오스만 왕국은 전쟁으로 엄청난 인명 피해를 입었는데 이제 그 전쟁의 참상이 제대로 복구되기도 전에 또다시 영지전이 일어난다고 하니 어처구니가 없었다.

역시 이곳은 귀족들에 의해 평민들의 삶이 결정되는 곳이었다.

"사람들은 왜 평화롭지 못할까?"

"응? 그게 무슨 말이야?"

"아냐, 아무 말도."

오열이 혼잣말한 것을 듣고 아만다가 반문했지만 오열은 아무 일도 아니라고 얼버무렸다. 용병들에게 엿들은 이야기를 해줄 수는 없었다.

고용된 세 명의 용병은 선실로 들어가 자리를 잡았다. 그들은 오열이 소드마스터라는 말에 안심을 하고 호위보다는 심부름이나 뒤치다꺼리하는 일에 더 신경을 썼다.

사실 그들의 무력은 소드마스터를 경호할 실력이 못되었다. 때문에 그들은 높은 의뢰비에 비해 쉬운 일을 해서 오열에 대한 충성도가 꽤나 높았다.

오열과 아만다 모두 성격이 좋은 편에 속해 아랫사람에게 부당한 일을 시키는 사람은 아니었다.

'해적이라?'

오열은 피식 웃었다. 해상에서 전투가 일어나면 어떻게 될까 하는 생각을 해보았지만 그다지 걱정되지는 않았다.

무지막지한 방어력을 가진 메탈아머와 부스터가 있는 상황에서는 바다나 육지나 큰 차이가 없다.

아만다가 갑판에 머무는 것을 좋아해 오열은 저녁을 먹기 전까지 뱃머리 근처에서 주변의 풍광을 감상했다. 강물도 맑고 바람도 시원하게 부는 저녁이었다.

저녁은 오열과 아만다가 원하는 대로 생선 스테이크와 바닷가재를 먹었다.

"와아, 맛있어요."

아만다가 생선을 입에 넣고 오물거리며 말했다. 오열은 빙그레 웃었다. 특별한 계획을 가지고 떠난 여행은 아니었다. 지구의 문제를 해결하기 위해 이곳의 신화에 대해 좀 더 알고 싶었을 뿐이었다.

오스만 왕국의 수도 나하른에서 원하는 정보를 얻지 못해 무작정 떠나는 여행이다.

디오네 왕국이나 로두로스 제국이라고 오열이 원하는 정보를 얻을 수 있을 것이라고 확신할 수 없다. 때문에 여행 겸이 대륙의 광물도 탐사하기 위해 천천히 가는 것이다.

첫날은 아무런 일이 벌어지지 않았다.

둘째 날에 우려하던 일이 터지고 말았다. 용병들이 걱정하던 해마리안 해적들이 쳐들어 온 것이다.

오열이 가장 먼저 해적선을 봤다. 이날도 아만다가 갑판에 있고 싶다고 해서 바람을 쐬다가 수상한 배를 발견한 것이다.

삐이익.

삐익.

갑판은 아수라장이 되었다. 노련한 뱃사람들이 노약자와 탑승객을 선실로 유도했다.

"야, 거기!"

갑판장이 오열과 아만다를 보고 소리를 버럭 질렀다.

"선실로 들어가라는 말 못 들었어?"

우락부락한 인상을 가진 선원이 화를 내다가 오열과 아만다가 입고 있는 메탈아머를 보고는 목소리를 줄였다.

"갑판은 위험합니다."

오열이 인상을 쓰자 선원의 말이 정중해졌다. 위급한 상황 속에서도 오열의 아머가 보통 고급이 아니라는 것을 깨달은 것이다.

뿌우우.

그때 강물을 타고 거대한 해적선들이 다가왔다. 선수 부분에는 해적임을 알리는 깃발이 바람에 펄럭이고 있었다.

"나리, 어떻게 하죠?"

올슨이 긴장을 한 채로 오열을 바라보았다. 그도 베테랑 용병이지만 선상에서 전투는 해보지 않아서 걱정스러운 표정으로 오열을 바라보았다.

"일단 대기한다."

"넵!"

올슨과 다비드, 그리고 미첼이 오열의 뒤에서 칼을 어루만지며 긴장을 한 상태로 대기를 했다. 여차하면 전투에 뛰어들어야 한다.

"전투 준비!"

갑판의 선원들의 손에는 펄션과 바스타드소드를 들고 있었다. 또 어떤 이들은 작살을 들었다.

"자기, 어떻게 해?"

"가만히 구경이나 해야지, 뭐."

"안 도와줘?"

"봐서. 일단은 지켜만 보자고."

오열은 아만다의 손을 잡고 해적선이 다가오는 것을 말없이 지켜보았다.

PMC로부터 주의를 들은 경험이 있는지라 나서는 것이 내키지는 않았다.

하지만 만약에 선원들이 모두 살해를 당하게 되면 강 위에서 난처한 일을 당할 것은 불을 보듯 뻔했다. 그래서 어떻게 하는 것이 현명한 일인지 생각 중이었다.

"우리는 해마리안 해적이다. 누가 선장인가?"

"나요. 톰슨이라고 하오. 영웅께서는 무슨 일로 방문하셨소?"

"하하하. 이 위대한 나으리께서 오다프로스 강으로 유람을 오셨다. 그러니 네놈들은 본 영웅들에게 성의를 표하라."

톰슨 선장은 해적의 말을 듣고 얼굴이 조금 밝아졌다. 협상의 여지가 있다고 생각한 것이다.

"우리도 위대한 명성을 익히 들어 알고 있었습니다. 그래서 적지만 나름의 성의를 표하고자 합니다."

톰슨 선장이 신호를 보내자 선원 하나가 품에서 주머니를 꺼내 해적선으로 던졌다. 해적들이 주머니를 열어 보고는 화를 내기 시작했다.

"우리의 명성을 들은 놈이 성의 표시를 이따위로 해?"

"큰 금액은 아니지만 50골드는 작은 액수도 아니오. 평소보다 더 많은 돈을 준비한 것이오. 마음에 들지 않으면 조금 더 성의를 표시하겠소."

"됐다. 우리가 원하는 것은 이 배에 있는 물품을 모두 넘기는 것이다."

"뭐요? 그건 말도 안 되는 소리요. 이제까지 우리는 통행비 명목으로 10골드씩 받쳐왔소."

"그건 그놈들에게 주고 우리에게는 여기 있는 모든 물건을 넘기는 것이다. 아울러 저 여자도 넘겨라."

해적이 아만다를 흘깃 보고는 음흉한 미소를 지으며 소리쳤다.

"말도 안 되는 소리요. 저분은 귀족이오."

"그래, 귀족이니 몸값을 받으려고 한다. 넘겨라."

"터무니없는 억지요. 이 배는 이스턴 영지의 베르나인 남작의 소유요. 노략질을 한다면 반드시 보복을 받을 것이다."

"하하하. 그 영주 놈이 바다까지 쫓아온다면 환영하는 바

이다. 얘들아, 쳐라!'

오열은 일이 이상하게 돌아가는 것을 깨달았다. 싸움 구경을 하려고 남았는데 해적이 시비를 걸어온 것이다.

'감히 아만다를?'

오열은 얼굴을 구겼다. 해적 주제에 아만다를 노린다니 화가 났다. 오열이 화가 난 것과는 반대로 아만다는 신기한 듯 해적과 선원들을 바라보았다.

'감히 해적 주제에.'

오열은 자기 여자를 해적이 탐내는 것을 보고 쓸어버리기로 마음먹었다. 하지만 역시나 PMC나 UN이 마음에 걸렸다. 직접 나서기가 거시기 했다. 이런 상황을 위해 미리 올슨에게 연금술로 만든 화살을 주었었다.

"올슨."

"네, 나리!"

"저번에 내가 준 화살 아직도 가지고 있지?"

"그러고말굽쇼."

"내가 신호를 하면 저 해적선을 향해 쏴. 배를 향해서 말이야."

"네, 알겠습니다요."

"다비드와 미첼은 아만다를 지키고. 아만다의 갑옷은 너희가 생각하는 것보다 좋으니 너무 무리하지는 말고."

"네, 알겠어요."

"넵!"

다비드와 미첼이 잔뜩 긴장을 한 채로 대답을 했다. 그들로서는 물 위에서 해적을 만났으니 긴장을 안 할 수가 없었다.

"하하하. 쓸어버려라!"

"마구 죽여라."

"여자는 죽이지 마라. 우리의 본거지로 끌고 간다."

"우헤헤. 간만에 아랫도리가 호사를 누리겠군."

해적들이 던진 갈고리가 뱃전에 걸리면서 해적들이 넘어오기 시작했다.

"죽어라, 죽어!"

해적들이 기세등등하게 배를 넘어왔지만 의외로 선원들의 솜씨가 좋았다. 게다가 용병들도 싸움에 참여하면서 막상막하의 난전이 되었다.

"좀 싸우네."

오열은 식당에서 행패를 부린 용병들이 해적들과 싸우는 것을 보며 고개를 끄덕였다.

생김새만큼이나 용감하게 해적들을 상대하고 있었다. 용병들이 해적들보다 유리한 것은 개개인의 능력도 능력이지만 집단전에 무척이나 체계화되어 있었다. 방어와 공격이 일사불란했다.

갑판 한쪽에서 원형을 이루며 공방을 주고받았는데 가장 선두에 선 용병들은 무거운 방패를 쓰는 자들이었다.

방패 뒤에서 언제 가지고 왔는지 모르지만 긴 창으로 해적을 찌르곤 했다. 간간히 방패 뒤에서 바스타드소드가 튀어나오기도 했다.

"으악!"

"내 팔."

"죽어라, 이 해적 새끼들아."

오열은 고개를 끄덕였다. 아만다는 싸움 구경을 하다가 피와 살이 튀자 눈을 감고 더 이상 보지 않았다.

"나리, 어떻게 할깝쇼?"

"해적선을 향해 화살을 날려라."

"네, 나리."

올슨이 드럼통 위로 올라가 활을 꺼내 화살을 재었다. 그러자 미첼이 옆으로 나와 아만다 앞을 가로막았고 다비드가 올슨 앞에서 검을 빼어 들고 섰다.

다비드의 임무는 아만다를 보호하는 것이지만 올슨이 활을 쏠 동안은 그의 가드가 되기로 한 것.

"쏩니다."

올슨이 활 시위를 팽팽히 당겼다가 놓았다. 화살은 가장 가까운 배의 옆으로 날아갔다.

따라서 아무도 올슨이 쏜 화살에 신경을 쓰지 않았다. 자신들 앞으로 날아오는 것도 아니기에 비웃기만 했다.

"하하하. 이 배는 이드리안산 나무로 만들었다. 그따위 화살에 부러질 것 같으냐?"

해적 하나가 올슨을 비웃었다. 배에서 유일하게 활을 가진 자가 제대로 조준도 못 한다고 생각한 것이다. 화살은 빠르게 날아가 배에 박혔다.

펑!

"으악!"

"뭐야?"

올슨이 쏜 화살 한 발에 배가 기우뚱하고 기운 것이다. 대형 몬스터도 처리할 수 있는 강력한 화살인데 아무리 배가 두꺼운 나무로 되어 있다고 견딜 수는 없다.

몬스터의 생체에너지를 뚫는 무지막지한 연금술로 만들어진 화살이기 때문이다.

"불을 꺼라. 불을!"

해적들이 갑판을 뛰어다니며 소리를 지르고 조치를 취했지만 어림도 없었다. 불은 배의 밑바닥에서부터 치솟아올랐던 것이다.

"으아악! 배가 탄다. 보트를 대라. 보물을 먼저 싣는다."

해적들의 선장 장 마르코가 명령을 내렸다. 그는 보코소 영지의 영주 더글라스 자작의 요청으로 오다프로스 강으로 들어왔다.

더글라스 자작이 협조를 하지 않았다면 애초에 시도도 못했을 약탈을 신 나게 했던 것. 오스만 왕국의 해군을 교묘하게 피할 수 있었던 것은 모두 더글라스 자작이 정보를 미리 주었기 때문이었다.

덕분에 장 마르코는 이스턴 영지의 베르나인 남작의 소유로 된 배를 집중 공략할 수 있었다.

내륙에 협조자가 있는 것과 없는 것의 차이는 엄청났다. 전투에 필요한 물품 보급이 용이해지자 해적질은 아주 쉬웠다.

장 마르코가 이 배를 공격한 것은 귀족이 탑승했다는 것과 많은 무기와 식량이 탑재되었다는 정보를 들었기 때문이었다.

귀족이 가진 재물을 털거나 그들을 포로로 사로잡으면 어지간한 배를 하나 터는 것보다 수입이 더 좋다.

장 마르코는 재빠르게 부하들에게 명령을 내렸다.

"조, 네 밑의 부하들을 풀어 저 배에 구멍을 뚫어라."

"마크, 보트에서 보물을 지켜 본거지로 이송시켜라."

"네, 캡틴!"

"옛설, 캡틴!"

장 마르코의 명령으로 부하들이 흩어졌다. 배의 불은 점점 심해져 장 마르코도 뒤에 있는 배로 옮겨 탔다. 자연 선박 위로 뛰어오른 해적들은 고립이 되어버렸다.

"젠장, 빌어먹을! 어디서 저런 엄청난 무기가 갑자기 등장한 것이야!"

장 마르코는 단 한 발의 화살에 배가 침몰하게 되자 더 이상 이곳에 머무를 생각이 없어졌다.

도적질의 기본은 도망가는 것이다. 도망가는 타이밍을 빠르게 잡지 못하면 해적은 언제 죽어도 죽는다.

오열은 해적들의 대처가 생각보다 기민한 것을 깨달았다. 하지만 민간 선박을 터는 해적 따위를 용서할 생각은 없었다. 특히나 아만다를 욕심낸 해적 따위는 더욱.

"올슨."

"네, 나으리."

올슨은 자신이 쏜 화살 한 발에 해적선이 침몰하는 것을 보고 매우 놀랐다. 따라서 그는 오열에 대한 두려운 감정을 더욱 가지게 되었다.

"마저 쏴!"

"네, 나리."

올슨이 활을 들어 해적선을 겨냥했다. 해적선은 세 척이었는데 이제는 두 척 남았다.

와아!

챙.

챙.

"악"

"으악"

갑판에서의 전투는 더욱 치열해졌다. 하지만 모선에서 떨어진 해적들의 사기는 점점 떨어지고 있었다.

특히나 용병들의 활약이 대단했다. 무리를 하지 않고 천천히 상대를 제압하기 시작했던 것.

"불을 질러!"

"젠장, 불을 지르고 강으로 뛰어내리자."

해적들이 소리를 고래고래 질렀다. 오열은 배에 불을 붙이려는 해적을 향해 검을 뽑아 던졌다. 검이 쏜살같이 날아가 횃불을 들고 설치는 해적의 머리에 박혔다.

"컥!"

해적이 단말마의 비명을 지르고 쓰러졌다.

"안 되겠다. 퇴각하라. 그냥 강으로 뛰어내려라."

해적들이 전투를 포기하고 강으로 뛰어내리기 시작했다. 하지만 많은 해적은 후퇴를 하지 못하고 선원들과 용병들의 칼에 맞아 쓰러지기 시작했다.

올슨은 힘껏 활을 잡아당겼다.

펑.

화살에 맞은 배가 다시 기우뚱하며 한쪽으로 기울기 시작했다. 역시나 오열이 만든 화살의 화력 하나만큼은 엄청났다.

바티안 병사들을 괴멸시킨 연금술의 총화 가운데 하나였다. 오열이 숨마의 나탈리우스 백작에게 이 화살을 제공함으로써 오스만 왕국군이 결정적으로 승기를 잡게 된 계기가 되기도 했었다.

오다프로스 강은 깊고 넓었다. 어떤 곳은 건너편이 보이지 않을 정도인 곳도 있을 정도였다. 그러니 망망대해인 바다와 비슷했다. 파도가 심하게 치지 않는 것만 달랐다.

올슨이 다시 화살을 재고 활 시위를 당길 때 배가 한쪽으로 기울기 시작했다.

"뭐지?"

오열은 배가 비정상적인 방법으로 기우는 것을 보고 사고가 발생한 것을 깨달았다. 그리고 올슨도 화살을 날릴 수 있는 기회를 놓쳐 버렸다.

장 마르코는 강으로 뛰어든 다음 부하들의 도움을 받아 마지막 남은 배로 옮겨 탔다.

"빨리 후퇴를 해!"

"옛설, 캡틴!"

해적들이 노를 부지런히 젓기 시작했다. 배가 선박으로부터 서서히 멀어지면서 안전거리를 확보하자 장 마르코가 고개를 절레절레 흔들었다.

"철수한다."

"넵!"

부하들도 전투가 불가능해진 것을 받아들였다. 싸움이 되지가 않았다. 화살 한 발에 해적선이 불타 버리고 말았으니.

오열은 배에 구멍이 생긴 것을 깨달았다. 강물 속에서 해적들이 낄낄거리며 비웃는 말을 듣고 이 모든 것이 해적의 짓임을 깨달은 것이다.

'해적치고 상황 파악이 아주 빠른데.'

배가 서서히 강물 속으로 빠져들고 있었다.

"이거 곤란하군. 올슨, 마차는 어디에 있나?"

"화물칸에 있습니다요. 마차는 말과 분리되어 있습니다."

"올슨과 다비드는 마차로 가서 생필품은 버리고 내 짐과 아만다의 짐만 챙겨서 가져오도록!"

"넵!"

올슨과 다비드가 허겁지겁 화물칸으로 뛰어갔다. 옆에서 아만다가 걱정스러운 표정으로 오열을 바라보고 있었다.

"아만다, 괜찮아. 걱정하지 마."

"자기, 그게 아니고. 이 사람들은 어떻게 해?"

"뭐, 강물로 뛰어내리든지 아니면 죽겠지."

"자기와 내가 에어부스터를 켜고 한 명씩 나르면 안 될까?"

"모르는 사람들인데."

"그래도 우리 오스만 왕국민이잖아."

오열은 아만다의 말에 입을 다물었다. 그렇다고 아만다의 말대로 할 수는 없었다. 사람들을 다 옮기기도 전에 배가 침몰할 것이 뻔했기 때문이다.

잠시 후에 용병들이 짐을 챙겨서 왔다. 가장 중요한 것은 광물 탐색기다. 그리고 땅을 팔 때 레일을 깔고 손수레를 만들기 위한 동력 장치도 20여 개나 된다.

"마법 배낭에 넣어둬야겠군."

마차에서 기계를 켜놓으면 여행하는 중에 가까운 곳에 광맥이 있으면 신호가 오기 때문에 항상 마차에 싣고 있었다.

오열은 용병들에게 짐을 받아 마법 배낭에 넣고는 명령을 내렸다.

"올슨과 다비드는 내 팔에 매달리고 미첼은 아만다에게 매달려라."

"넵!"

용병들은 대답을 하면서도 이해를 하지 못하였다. 배가 가라앉는데 자기에게 매달리라고 하니 수영을 잘하나 하는 생각뿐이었다.

"꼭 잡아. 떨어져서 죽지 말고."

"네……?"

"아만다, 시작하자."

"네."

오열과 아만다가 동시에 에어부스터를 켜고 하늘로 올라갔다.

"헉!"

"어머나!"

용병들이 놀라 비명을 질러댔다. 오열과 아만다가 하늘을 날고 있었던 것.

"살려주세요!"

"사람 살려!"

배 위에서는 수많은 사람이 살려달라고 소리를 질렀다.

오열은 올슨과 다비드를 건너편 기슭에 내려놓고 가볍게 한숨을 내쉬었다.

"젠장, 될지 모르겠네."

영화에서는 슈퍼맨이 기차나 버스도 번쩍번쩍 들었는데 자신은 어떨지 감이 오지 않았다.

아다티움 아머는 HP가 끝내주는 방어복이지만 그렇다고 엄청난 파워를 가지게 해주는 것은 아니었다.

내공이나 메탈에너지를 사용한다면 보통 사람과는 비교가 되지 않을 엄청난 괴력을 발휘할 수는 있지만 수백 명이 탑승하는 배는 쉽지 않을 것 같았다.

배에는 사람만 있는 것이 아니라 화물도 많았다. 또한 배에 물이 찼기에 보통 힘으로는 힘들 것이 분명했다.

'할 수 없지. 하는 척이라도 해야 나중에 잔소리를 듣지 않겠지.'

아만다는 전쟁을 경험해서인지 유독 오스만 왕국에 대한 애착이 남달랐다. 그러니 하는 데까지는 하는 것이 좋았다.

"슈퍼맨 놀이나 한번 해볼까?"

오열은 에어부스터를 이용하여 다시 배로 돌아왔다. 오열이 다시 오자 사람이 몰려들었다.

"살려주세요!"

"나리, 제 아이들만이라도 제발 구해주십시오!"

"제발, 살려주세요."

오열은 부르짖는 사람들의 소리를 들으며 어떻게든 힘을 써볼 결심을 했다.

아무런 상관이 없는 사람들이지만 자기 눈앞에서 죄 없는 사람들이 죽어가는 것을 보는 것은 유쾌한 일은 아니었다.

오열은 배를 잡고 힘을 썼다.

"으아!"

오열은 힘차게 구호를 외치고 젖 먹던 힘까지 썼는데 배는 끄떡도 하지 않고 잡고 있던 선수 부분만 뚝 하고 부러졌다.

'젠장.'

민망해진 오열은 이런 방법으로는 불가능할 것 같아 에어 부스터의 힘을 이용하기로 했다. 에어부스터는 마하까지 속도를 낼 수 있다. 그 가속력을 이용하면 침몰하는 배를 건너편으로 이동시킬 수는 있을 것 같았다.

"으라차차!"

오열이 다시 소리를 질렀다.

배가 반대편으로 천천히 밀려가기 시작했다. 오열은 더 힘을 냈다. 에어부스터의 출력을 더욱 높였다.

"에어부스터 마하1로."

푸우웅.

에어부스터의 출력이 강해지자 바다로 침몰하던 배가 빠

르게 뒤로 밀려 나가기 시작했다.

'오, 되네.'

오열은 신이 나서 소리를 질렀다.

"에어부스터 마하2"

출력을 높이자 배가 빠르게 나아갔다.

'오, 정말 되는군.'

오열은 에어부스터의 속도를 더 높이려고 했다. 마침 강 건너편이 지척으로 다가왔다.

"에어부스터 마하3."

위이잉.

무지막지한 출력에 배가 거의 바람 앞에 종이처럼 너풀거리기 시작했다.

'오, 예!'

오열이 신이 났다. 그때였다.

뿌지직.

오열이 손을 대고 있던 부분이 부르르 떨리면서 부서지기 시작했다.

펑!

"안 돼!"

오열의 몸은 배를 뚫고 하늘로 높이 날아가기 시작했다.

"오빠!"

아만다가 놀라 소리를 질렀다.

그때 혼비백산한 사람들이 배에서 물가로 뛰어내리기 시작했다. 그나마 버티고 있던 배가 바닥으로 완전히 무너졌지만 얕은 물가라 사람들은 모두 무사할 수 있었다.

오열은 순식간에 국경 지대를 넘어 이상한 곳에 도착했다.

"아, 젠장. 여긴 어디야?"

오열은 주위를 돌아보았다.

첩첩산중이었다. 바로 눈앞에는 거대한 숲이 그를 가로막고 있었다.

숲에서는 하늘도 제대로 보이지 않을 정도로 거대한 나무들이 병정처럼 둥그렇게 서 있었다.

"젠장, 이래서 나는 착한 일을 하면 안 돼. 까짓 모르는 사람들이 죽거나 말거나 개입을 하지 말았어야 했는데."

오열은 투덜거리며 나무 위로 올라가서 주위를 살폈다. 끝없이 펼쳐진 숲과 절벽, 계곡이 보였다.

이제 다시 왔던 곳으로 돌아가야 한다. 돌아가는 방법은 쉽다. 에어부스터를 가동시키고 왔던 방향으로 되돌아가면 되는데 문제는 배를 밀 때 온몸의 힘을 한곳에 집중하느라 눈을 감고 있어서 어디에서 왔는지 정확한 방향을 알지 못한다는 것이다.

'젠장, 여긴 제법 뭐가 있을 것 같은데.'

오열이 도착한 산은 아마스트라스 숲만큼이나 깊고 거대했다. 오열은 습관적으로 마법 배낭에서 광물 탐색기를 꺼내 작동을 시켜봤다.

기계가 맹렬하게 움직였다.

삐삐삐이이이이익.

삑삑.

오열은 빠르게 광물 탐색기의 화면을 바라보고 충격을 받을 만큼 놀랐다.

"헉!"

오열은 엄청나게 움직이는 탐색기에 나타난 추정 광물의 목록을 보면서도 자신의 눈을 믿을 수 없을 지경이었다.

"이게 뭐야?"

오열은 광물 탐색기의 화면에는 종류를 헤아릴 수 없는 광물들이 한곳에 모두 몰려 있었던 것이다.

'대박이야! 대박!'

에너지스톤은 물론이고 아다티움과 미스릴까지 있다. 게다가 지금까지는 보지도 못했던 광물도 있었다.

우주선이 불시착한 아마스트라스 숲은 광물이 풍부하게 매장되어 있었지만 그렇다고 이 대륙에 있는 모든 광물이 있는 것은 아니었다.

'좌표 설정이 안 되는 게 문제야. 우주선과 너무 멀리 떨어져 있어.'

아무리 뛰어난 기술을 가지고 있다고 하더라도 안 되는 것은 정말 많다.

지니어스23 우주선은 아마스트라스 숲에서 고장 난 부분을 고치고 몬스터를 퇴치하는 데만도 많은 시간과 장비를 사용한다.

따라서 광범위한 지역을 탐색할 수 있는 시스템이 아직은 구비되지 못했다.

8장

아만다의 위기

아만다는 갑자기 사라진 오열 때문에 망연자실한 채로 있었다. 미첼이 가장 가까이서 아만다를 호위하고 있었고 올슨과 다비드는 주변을 정리를 돕고 있었다.

배에서는 끊임없이 사람들이 내렸고, 사람들이 모두 내린 뒤에는 화물들을 내렸다.

하지만 화물 중의 일부는 소실되었는지 선장이 선원들을 독려하며 배와 강바닥을 뒤지고 있었다.

"비켜라!"

어디선가 소란한 소리가 일더니 옷이 엉망으로 흐트러진 남자가 아만다에게 다가왔다.

'뭐지?'

아만다는 갑자기 나타난 뚱뚱한 남자를 바라보았다. 옷은 엉망이지만 한눈에 보아도 지체가 높은 귀족임에 틀림없었다. 또한 그의 옆에는 기사로 보이는 세 명의 호위가 있었다.

"네가 배를 밀다가 하늘로 날아간 그 남자의 일행이렸다?"

"네, 그런데요."

아만다는 팔짱을 끼고 귀족을 바라보았다. 그러자 남자의 얼굴이 일그러지는 것이 보였다.

"네년이 감히 본 작을 모독하는 것이냐?"

남자가 소리를 지르자, 옆에 있던 기사들의 태도가 흉흉해지기 시작했다. 주변을 정리하던 올슨과 다비드도 이 장면을 보고 황급히 돌아왔다.

"델포이 영지의 주인이신 에드워드 안드로이 자작님이시다. 무릎을 꿇어라."

안드로이 자작의 뒤에 있던 기사가 소리를 질렀다. 하지만 아만다는 무릎을 꿇을 생각이 없었다. 아무런 이유도 없이 단지 상대가 귀족이라서 무릎을 꿇고 싶은 생각은 없었다. 그녀 역시 이 오스만 왕국에서는 귀족이 아니던가.

"안드로이 자작님, 저는 아만다 샤프린이라고 합니다."

아만다가 고개만 살짝 숙이고 덤덤하게 말을 하자 안드로이의 얼굴이 붉어졌다. 화가 난 것이다.

"너는 공중으로 사라진 남자와 무슨 관계냐?"

"그분은 제 남편입니다."

아만다의 말에 안드로이 자작은 흡족한 미소를 지었다. 그 모습을 본 아만다는 기분이 나빠졌다. 상대가 뭔가 불순한 의도를 가지고 접근한 것으로 보였기 때문이다.

"그렇다면 너는 네 남편의 실수를 인정하느냐?"

"무슨 실수를 말하는 것이죠?"

안드로이 자작은 여전히 불쾌한 표정을 지었다. 감히 귀족을 보고도 뻣뻣한 태도로 일관하는 아만다가 마음에 들지 않았던 것이다. 하지만 왠지 느낌이 좋지 않아 참고 있었다.

안드로이 자작은 델포이 영지의 영주다. 그는 중앙 정계와는 다소 먼 귀족이다.

하지만 그가 다스리는 델포이 영지는 오다프로스 강을 끼고 있어서 풍요로운 곡창지대를 가졌을 뿐만 아니라 철광과 은광을 가지고 있어 부유한 영지에 속했다.

게다가 이번 바티안 왕국이 오스만 왕국을 침략해 왔을 때 피해를 거의 보지 않은 지역이기도 했다. 따라서 전쟁이 끝난 지금의 시점에서 그는 주변의 다른 영주들에 비해 강력한 힘을 가지게 되었다.

비록 중앙군에 상당한 병사와 기사를 파병하였지만 그럼에도 여전히 많은 병사와 기사를 소유하고 있었다.

원래부터 교만하기 그지없었던 안드로이 자작은 전쟁이 발발하자 무력으로 주위의 영지를 아우르고 지역의 패자처럼 군림하고 있었다.

"그런데 자작님, 이곳에 왜 오셨나요?"

아만다의 말에 안드로이 자작의 눈썹이 순간적으로 꿈틀했다. 옆에서 그 모습을 지켜보던 기사가 입을 열었다.

"무례하다. 자작님께서 네년에게 일일이 설명을 해야겠느냐?"

기사의 말에 아만다는 빙그레 웃었다.

'웃어?'

안드로이 자작은 눈앞의 아만다를 보고는 머리를 굴렸다. 처음에는 흥분을 하여 잘 보지를 못했는데 아만다의 아름다운 모습이 보였던 것이다.

'그런데……?'

아만다가 입고 있는 갑옷이 너무 화려하였다.

처음 보는 갑옷 형태라 조심하는 마음이 들었다. 게다가 주위에서 그녀를 호위하는 용병들의 태도도 이상했다. 귀족을 보고서도 주눅이 하나도 들지 않고 뻣뻣했다.

그때였다.

두두두두.

지축을 흔드는 말발굽 소리가 들려왔다.

'뭐지?'

이만다는 소리가 나는 방향으로 고개를 돌렸다. 멀리서 수백의 기마가 빠르게 다가오는 모습이 보였다.

'아!'

아만다는 그제야 어찌 된 이유인지 알 것 같았다. 자작이 몇 명의 기사의 호위만 받으며 자신의 영지도 아닌 이곳에 있는 것이 이해가 가지 않았었다.

이제야 그를 호위할 기사들이 온 것이라는 생각이 든 것이다. 그렇다고 하더라도 해적들과 전투 중에 이들은 얼굴도 내밀지 않고 있었다.

기사가 다섯 명이나 있었는데도 말이다. 이들이 전투에 나섰다면 좀 더 쉽게 해적을 물리칠 수 있었을 것이다.

'왜 왔지?'

오열이 이들의 목숨을 구해줬지만 은혜를 갚으려고 온 것 같지는 않았다. 그렇다면 이렇게 나오지 않았을 것이다.

"이제는 내 말도 무시하는 것이냐?"

"네……?"

아만다가 생각에 빠진 사이에 안드로이 자작이 무슨 말을 한 것 같았다.

"손해배상을 하라는 말을 듣지 못했느냐?"

"손해배상이요……?"

"그렇다. 배에 있던 나의 귀중품이 사라졌느니라."

"그런데 왜……?"

아마도 배가 침몰할 때 오열이 배를 강기슭으로 옮기다가 안드로이 자작의 소유물이 사라진 듯했다.

'목숨을 살려줬는데 보따리를 내놓으라고?'

자작의 속셈은 뻔했다. 하지만 웃겼다.

오열의 그 무지막지한 무력을 보았다면 아무리 귀족이라도 이렇게 나오지 못했을 것이다. 어리석은 자가 분명했다.

안드로이 자작은 찜찜했다. 왠지 모를 거북한 감정이 든 탓이다. 머리가 그다지 좋지 않았음에도 그가 한 지역의 패자가 될 수 있었던 것에는 두 가지 이유가 있었다.

그는 부하들에게 관대했고 군사력에 많은 투자를 했다. 재능이 있는 부하에게는 아낌없이 지원했고 유명한 기사와 장교에게 많은 돈을 지불했다.

그가 그렇게 할 수 있었던 이유는 앞에는 오다프로스 강이 있고 뒤로는 야맛 산이 있기 때문에 지리적으로 다른 영지의 침략을 받을 위험이 없었다.

특히 야맛 산은 지형이 가팔라서인지 몬스터도 거의 없었다. 따라서 풍부한 자금력을 바탕으로 강력한 군사력을 갖출 수 있게 된 것이다.

지금도 그를 호위하는 기사 다섯 명 중의 두 명은 소드익스퍼트 중급에 달한다.

'쩝, 아까운 계집인데.'

안드로이 자작은 아만다에게 음심이 발동했지만 알 수 없는 위화감 때문에 자제를 하고 있었다.

두두두두.

마침내 도착한 기마대에서 야드로 기사가 말에서 내려 안드로이 자작에게 군례를 취했다.

"충! 신 야드로가 영주님을 뵙습니다."

"야드로 경, 때를 맞춰 잘 도착했다."

"충!"

안드로이 자작은 야드로 기사를 보자 다시 자신감이 생겼다. 해적이 나타났을 때에만 해도 그는 두려움 때문에 호위 기사들과 함께 안전한 객실에 있었었다.

배가 강에 침몰할 때에도 어떻게 할 방법이 없었다. 그러나 무사히 구조가 되고나니 소실당한 귀중품이 생각난 것이다. 아까웠다.

오늘 도착한 호위대는 기사만 30여 명이나 되고 기마병은 295명이다. 안드로이 자작은 기사들과 병사들을 보자 갑자기 자신감이 생겼다.

"본 자작이 가진 보석과 마나석이 실린 배를 네년의 남편이 침몰시키지 않았느냐?"

아만다는 안드로이 자작의 말을 듣고는 어이가 없었다. 하지만 상대는 귀족, 한 영지의 영주다. 쉽게 상대할 자가 아니었다. 귀족이 괜히 귀족이 아닌 것이다.

"자작님, 그래서 제게 원하는 것이 뭐죠?"

"어허, 그래서라니……? 당연히 배상을 해야 하느니라."

아만다는 주위를 힐끔 돌아보았다. 수많은 병사와 기사들을 보고는 고개를 끄덕였다. 이런 강한 힘을 가지고 있으니 자작이 억지를 부리는 것이라는 생각이 들었다.

아만다는 오열과 함께 배에 승선하기 전에 귀족의 마차와 화물이 지나가는 것을 보았었다. 그때 본 귀족이 눈앞의 안드로이 자작인 것 같았다.

"어찌하겠느냐?"

아만다가 대답을 하지 않자 안드로이 자작이 재촉했다. 아만다는 그의 말을 듣고는 오히려 고개를 빳빳이 들고 도도한 표정을 지으며 입을 열었다.

"자작님에게 배상하겠어요."

"뭐……? 하하하. 당연히 그렇게 해야지. 암, 암!"

안드로이 자작은 아만다의 말을 듣고 기꺼운 표정을 지었다. 이제는 원래 분실한 것보다 더 많은 금액을 청구하리라고 마음속으로 생각했다.

"얼마인가요? 아니, 분실한 것들이 무엇 무엇인가요?"

"보석과 미스릴, 마법 물품 등 족히 10만 골드가 넘느니라."

안드로이 자작은 속으로 회심의 미소를 지었다. 분실한 것은 속이 쓰리지만 어차피 되찾을 수 있을 것이라고는 생각하지 않았다.

오다프로스 강은 바다만큼이나 깊고 넓다. 뿐만 아니라 해적을 만났다가 살아났으니 그것만으로도 사실 만족하고 있었다. 자신과 기사들은 수영 실력이 없어 강 한가운데서 침몰하였다면 아마도 죽었을 것이다.

"10만 골드면 무척이나 큰 금액이군요?"

"그렇다. 네년이 변상할 능력이 되느냐?"

"물론이에요."

아만다가 안드로이 자작에게 변상을 한다고 하자 올슨이 당황한 표정으로 바라보았다.

"아가씨, 하지만……."

아만다는 올슨이 무슨 말을 하려는지 익히 알았다. 부당한 요구에 왜 배상을 하느냐는 말일 것이다.

지구에서 살다 보니 귀족에 대해 좋지 않은 생각을 가지게 된 그녀다. 그녀 역시 안드로이 자작의 말이 억지라는 것을 잘 알고 있다.

"자작님이 잃어버리신 물품의 가격이 10만 골드라면 자작님의 목숨은 얼마인가요?"

"뭐라?"

안드로이 자작은 대노했다. 감히 일개 여자가 귀족인 자신의 목숨값에 대해 발설하는 것 자체가 용납되지 않은 탓이다.

"저는 자작님에게 10만 골드를 변상하고 대신에 자작님의 목숨을 취할 것이에요. 제가 살려 드린 목숨이니 죽어도 손해는 아닐 것이에요."

"이, 이런 발칙한."

안드로이 자작이 화를 내자 옆에 있던 기사들이 무기를 뽑아 들고 아만다를 단칼에 반쪽 낼 기세를 내뿜었다.

아만다는 안드로이 자작과 기사를 보고 빙그레 웃었다. 그녀는 어릴 때부터 전쟁을 겪었다.

나탈리우스 백작의 영지 슘마에 있을 때에 가장 먼저 바티안 군의 침공 사실을 알았고 그 슘마를 탈출하면서 수천 명이 죽어가는 것을 바로 지척에서 목격했다.

그러니 이런 기사나 병사들에게 기가 죽을 그녀가 아니었다. 또한 지금은 본체도 아닌 아바타가 아닌가.

"네년이 영주님을 능멸하고도 무사할 줄 아느냐?"

보다 못한 기사 제이콥이 소리를 질렀다. 당장에라도 목을 벨 기세지만 안드로이 자작의 명령이 없기에 참고 있는 것이다. 아만다는 그런 그를 바라보지도 않고 안드로이 자작을 바라보며 입을 열었다.

"자작님과 기사들은 배에 있으셨으면서도 해적이 습격했을 때 나타나지 않았어요. 이는 귀족의 명예를 훼손한 것. 또한 목숨을 구해준 은인에게 오히려 변상을 요구했어요. 저는 루이스 3세에게 이 일을 말씀드리고 당신의 목을 받아낼 것이에요. 그리고 비겁한 당신의 기사들의 목숨도 말이에요."

"이, 이런 말도 안 되는 억지를."

안드로이 자작은 정신이 번쩍 들었다. 사실 그가 아만다에게 시비를 건 이유는 별것 아니었다.

갑자기 해적들의 습격을 받고 구사일생으로 살아난 다음

평상시처럼 으스대고 싶었던 것이었다.

그리고 아만다가 착용하고 있는 호화로운 갑옷을 보니 돈이 제법 있어 보였기 때문이다.

"네년이 무엇이라고 국왕 전하를 뵐 수 있다는 말인가?"

용병 올슨이 아만다의 뒤에 있다가 한 발 앞으로 나와 입을 열었다.

"자작님, 저희 아가씨의 아버님께서는 노톨리에스 영지의 영주님이신 피에르 샤프란 백작님이십니다."

"뭐……?"

안드로이 자작은 무척이나 놀랐다. 노톨리에스 영지는 왕실령이었다가 최근에 전쟁에 지대한 공헌을 한 샤프란 백작에게 수여한 곳이다.

'젠장, 빌어먹을!'

안드로이 자작은 주먹을 불끈 쥐었다. 생각했던 것과 다르게 일이 돌아가고 있었다.

주위를 돌아보니 기마대에 놀란 일반 백성들은 모두 다른 곳으로 피한 뒤였다. 기마대가 이중 삼중으로 주변을 차단하고 있었다.

'저년을 죽여야 해!'

사과를 하고 없던 일로 하면 된다. 하지만 자신의 딸보다 어려 보이는 여자에게 사과를 하고 싶지는 않았다.

자신의 수하는 300명이 넘는다. 그리고 이곳에 있는 기사만 해도 30명이나 된다.

안드로이 자작의 표정을 보고 가장 가까이 있던 기사 만이슈가 다가왔다.

"영주님, 어떻게 할까요?"

만이슈의 목소리는 은근하고 낮았다. 그는 안드로이 자작이 어떤 마음을 품었는지 눈빛을 보고 알아챈 것이다.

"모두, 죽여라!"

안드로이 자작이 눈을 질끈 감고 명령을 내렸다. 그는 뒤돌아서서 기마대에게 명령을 내렸다.

"접근하는 자들은 모두 죽여라. 모든 사람을 멀리까지 옮기도록 하라."

안드로이 자작이 아무리 큰 영향력을 자기고 있다고 하더라도 이곳은 델포이 영지가 아니다.

따라서 이곳에서 일반 백성을 학살하면 문제가 심각해진다. 하지만 몇 명 정도를 처리하는 것은 일도 아니다.

'뭐지?'

아만다는 안드로이드 자작과 그의 부하들의 행동을 보면서 좋지 않은 느낌을 받았다.

"전투 준비를 하세요. 올슨은 오열 님이 주신 무기를 쓸 준비를 하세요."

"넵!"

올슨이 큰 목소리로 대답했다. 그는 오열이 얼마나 강한 사람인지 잘 알고 있다.

검의 끝을 본 소드마스터! 그러기에 아만다를 호위하는 일은 그에게 굉장히 영광스러운 일이었다.

뿐만 아니라 오열은 엄청난 부자이면서 연금술로 만든 독특한 무기를 가지고 있다.

오열이 그에게 만약을 위해 준 폭약이 든 화살은 다섯 발이었다.

그중에서 해적들에게 두 발을 사용했고 이제 남은 것은 세 발. 기사와 병사를 상대하는 데에 충분한 양은 아니었다.

"미첼은 굳이 나를 호위할 필요는 없어요."

미첼은 걱정스러운 눈으로 아만다를 바라보았다. 그리고는 작게 고개를 끄덕였다.

"네, 아가씨!"

지금은 아만다를 호위하는 것도 문제지만 더 큰 것은 적의 수가 너무 많다는 것이다. 또한 적에게는 기사도 30여 명이나 있었다. 그러니 싸워보지 않아도 결과를 알 수 있다. 필패! 하지만 싸우지 않을 수 없다.

용병들의 실력은 B급. 당연히 여기 있는 수십 명의 기사 중에서 단 한 명도 상대하기도 힘들다.

하지만 그렇다고 용병이 죽음이 두려워서 의뢰인을 버리고 도망갈 수는 없다. 또한 도망갈 수 있도록 적이 용납할 것 같지도 않았다.

"자작님, 지금 무슨 짓을 하려는 것이죠?"

아만다가 발끈해서 소리를 질렀다. 하지만 돌아온 것은 차가운 냉소였다.

"이 모든 것이 네년의 입이 화를 불러온 것이다. 나를 원망하지 마라."

"우리를 죽여서 입을 막을 생각인가 보죠?"

"그래, 그래, 맞다. 그러니 그냥 얌전히 죽어라. 그렇게 되면 너에게 굳이 수치를 안겨주지는 않으마."

아만다는 안드로이 자작을 보고 나직하게 한숨을 내쉬었다. 상대가 이렇게 나온다면 딱히 방법이 없다.

상대는 귀족이고 압도적인 무력을 가졌다. 하지만 두렵지는 않았다. 자신은 최후에는 에어부스터를 끼고 도망갈 수도 있고 죽는다고 해봐야 아바타다.

또한 착용한 아다티움 아머의 HP는 50만에 달한다. 오열처럼 여유 분의 충전용 배터리는 없지만 이곳에서는 드래곤만 아니라면 두려워하지 않아도 된다. 있다면 아마도 아마스트라 숲의 괴물 같은 몬스터뿐이다.

두두두두.

기마대가 다시 움직이기 시작했다. 길게 원형을 이루어 아만다 일행을 포위하는 동시에 혹시라도 남은 일반 백성을 밖으로 밀어내기 위한 조치였다.

아만다는 이를 악물었다. 이곳은 자신이 태어난 조국. 얼마 전까지 전쟁의 비극이 있던 곳이다. 그들을 구하기 위해 해적과 싸우고 침몰하는 배를 구했는데 돌아온 것은 살해 위협이었다.

"영주님, 저들을 제가 처리할 수 있도록 허락하여 주십시오."

"오, 만이슈 경. 그대라면 믿을 수 있지. 그대가 처리하도록 하라."

"충!"

만이슈가 안드로이 자작에게 존경의 예를 표하고 천천히 걸어서 아만다에게 다가왔다.

"한번에 고통 없이 죽여주마!"

만이슈는 바스타드소드를 손목의 힘으로 슬쩍 돌리며 아만다 일행을 바라보았다.

그에게 있어 이들은 상대할 가치도 없는 허약한 자들이다. 안드로이 자작이 관여하지 않았다면 굳이 검을 빼 들 이유조차 없는 버러지 같은 자들이다.

그는 소드익스퍼트 중급의 실력자로 인근 지역에서 가장 강한 기사 가운데 한 명이다.

그러니 누가 자신을 상대할 수 있겠는가, 하고 생각하였다.

만이슈 기사가 검에 마나를 집어넣자 푸른 오러가 넘실거렸다. 올슨과 다비드는 만이슈의 오러를 보고 기운이 빠졌다.

만이슈의 검이 번쩍하며 다비드의 목을 향해 날아들었다. 다비드가 감히 검을 마주치지 못하고 급하게 몸을 날려 옆으로 굴렀다.

데굴데굴.

간발의 차이로 검을 피한 다비드가 벌떡 일어났다. 하지만 만이슈는 그런 그를 보며 느긋하게 입을 열었다.

"어지간하면 쉽게 죽지 그래."

"으~"

다비드는 신음을 터뜨렸다.

상대는 소드익스퍼트다. 오러검을 뽑아내는. 오러검은 상대의 소드마스터의 검만큼 강력하지는 못해도 일반 검술을 사용하는 자들은 상대가 되지 못한다.

"하하하. 역시 벌레보다 못한 놈들은 땅바닥에 구르는 재주밖에 없지. 어디 얼마나 피할 수 있는지 보자."

만이슈가 다비드를 비웃으며 두 번째 공격을 시도했다. 이번에는 아까보다 더욱 빠른 공격이었다.

오러를 듬뿍 머금은 검이 엄청난 속도로 날아왔다. 위에서 아래로 날아든 검은 바위라도 일격에 박살 낼 것 같은 강력한 힘이 동반된 공격이었다.

"헉!"

"피해!"

미첼과 올슨이 소리를 동시에 질렀다. 아만다는 이 장면을 보며 안절부절못하고 있었다.

그동안 오열과 함께 수많은 전투를 치렀고 몬스터 사냥을 했지만 그녀가 직접 검을 휘두른 적은 없었다.

'어떡하지?'

발을 동동 구르던 아만다는 다비드가 만이슈의 두 번째 공격을 피해내지 못할 위기의 순간에 자신도 모르게 앞으로 튀어나갔다.

"부스터 온!"

부스터가 맹렬한 기세로 작동되면서 앞으로 튀어나갔다.

텅!

아만다는 어깨로 만이슈의 검을 받았다.

"……?"

"어, 뭐지?"

"아가씨!"

올슨이 기겁을 하고 화살을 날릴 준비를 했다. 하지만 그는 활을 쏠 수 없었다. 아만다에게 아무 일도 일어나지 않았기 때문이다.

가장 당황한 사람은 검을 날린 만이슈였다. 오러검을 몸으로 막아내다니!

불가능한 것은 아니지만 대부분의 판금 갑옷은 오러검에 두부처럼 잘려 나간다.

예외가 있다면 미스릴 갑옷이나 마법이 인챈된 갑옷이다.

"네년은 뭐냐?"

만이슈가 얼떨떨한 상태에서 자신도 모르게 소리를 질렀다.

"지금 물러나지 않으면 자작님은 죽게 될 것이에요."

아만다는 말을 하면서 마법 배낭에서 피스톨을 꺼냈다.

오열이 가지고 있는 아다티움건과 같은 화력을 가진 총은 아니다. 하지만 총이라는 무기가 없는 이곳에서는 가장 강력한 무기가 될 수 있다.

"뭐라고? 건방진 계집 같으니. 네년의 몸을 특별히 토막 내어 죽여주마!"

"흥, 수치도 모르는 네놈이야말로 그렇게 죽을 것이다. 기사라는 놈이 뒷골목의 건달도 하지 않을 부끄러운 짓을 하면서도 조금도 뉘우치지를 않는구나. 또한 네놈의 주인이라는 자작는 귀족의 고귀함을 훼손하였다."

"네년이 죽으면 아무도 모르게 된다."

"어리석군요. 당신의 양심도 알고 여기에 있는 짐승 같은 300여 명의 병사도 알고 있을 거다."

아만다는 더 이상 이들을 같은 인간으로 대우하고 싶은 마음이 들지 않았다.

이제 충돌은 피할 수 없게 되었다. 슘마를 탈출하면서 본 무수한 죽음이 생각났다. 그때는 바티안군이었지만 지금은 같은 오스만 왕국의 백성이다.

'어쩔 수가 없어!'

아만다는 이를 악물었다.

만이슈 기사의 두 번째 공격이 시작되었다.

"받아라!"

만이슈는 기사로서 용병과 여자 하나를 제대로 처리하지 못한 것이 창피했다. 그래서 온 힘을 다해 검을 휘둘렀다. 바스타드소드는 오러로 붉게 물들었다.

"와, 상급에 해당하는 오러야!"

"역시 만이슈 경이야!"

사람들이 모두 감탄을 터뜨렸다. 사실 만이슈의 오러는 모든 사람을 감탄시킬 만했다.

"계집, 숙어라!"

만이슈가 휘두른 검에 아만다의 머리가 잘릴 위기였다.

"아가씨, 위험합니다."

"위험해요!"

올슨과 미첼이 동시에 소리를 질렀다.

휙!

아만다의 얼굴이 순간적으로 뒤로 휙 꺼졌다. 누구도 생각하지 못한 의외의 결과였다.

이곳에 모인 사람들 중에 어느 누구도 아만다가 만이슈 기사의 검을 피할 수 있을 것이라고 생각한 사람은 없었다.

'흥, 쉽게 당하지는 않아.'

아만다는 비록 전투에 직접 참여한 적은 없지만 죽고 죽이는 싸움은 질리도록 보았다.

그녀는 바티안 군을 상대했을 때나 아마스트라 숲에서 몬스터를 사냥하는 것을 아주 가까이서 지켜보았었다.

그녀에게는 드래곤의 비늘만큼이나 강한 아다티움 아머와 최고의 성능을 자랑하는 부스터가 있다. 상대를 검술로 이길 수는 없지만 검을 피하는 것은 어렵지가 않았다.

휙.

휙.

만이슈의 오러검이 허공을 계속 갈랐다.

"핫!"

만이슈의 얼굴이 붉어지면서 무지막지한 속도로 공격을 해왔다. 하지만 시간이 지나면서 아만다는 정신을 차리지 못했다.

"악!"

만이슈의 검이 다시 아만다의 머리를 강타하려고 하고 있었다.

"헉!"

아만다도 놀라 다급하게 고개를 돌리려고 했다. 하지만 만이슈의 검은 더욱 빨랐다.

'이제 됐어.'

만이슈는 미소를 지었다. 이제 아만다의 머리는 곧 두 쪽 나리라.

그때였다.

스르르 스르륵.

아만다의 아다티움 아머에서 투구가 튀어나오면서 아만다의 머리를 감쌌다.

텅.

텅.

"뭐야?"

"오, 맙소사!"

"아가씨!"

"이제 죽었군!"

서로 다른 소리가 허공을 교차했을 때 만이슈는 경악했다. 두 쪽이 나야 정상인 아만다가 땅바닥에 쓰러져 멍한 표정을 지으며 자신을 바라보고 있었다.

"이런 말도 안 되는."

어디서 갑자기 투구가 튀어나왔는지 모르겠지만, 그렇다고 하더라도 오러검을 막아낼 줄은 생각하지도 못했다.

이번 공격은 자신의 마나를 모두 집어넣은 오러검이었다. 소드마스터를 제외하고는 막을 수 없을 것이라고 생각했다.

"저, 저걸 막아!"

"오, 맙소사!"

안드로이 자작은 시간이 지체되자 인상을 쓰기 시작했다. 그리고 자신의 수하 중에서 가장 강한 기사 중의 한 명인 만이슈 기사가 아만다를 어쩌지 못하는 것을 보고 무엇인가 일이 잘못 돌아가는 것이 아닌가 하고 초조해지기 시작했다.

"만이슈 경, 상대를 봐주지 말게."

"넵, 영주님!"

만이슈는 안드로이 자작의 말에 대답했지만 곤혹스러웠다. 상대를 봐주고 있는 것이 아니었기 때문이다.

그때였다. 아만다의 오른손이 천천히 움직였다.

탕!

단 한 번의 총성이 들린 후에 만이슈의 몸이 천천히 앞으로 무너져 내리기 시작했다.

"뭐지?"

"만이슈 경!"

만이슈는 천천히 고개를 돌려 자신의 가슴을 바라보았다. 판금 갑옷 사이로 피가 쏟아지고 있었다.

'이 판금 갑옷을 뚫을 수 있는 무기는 뭐란 말인가?'

그는 자신이 왜 죽어야 하는지 이해를 하지 못했다. 육안으로 구별할 수 없을 무언가가 자신의 가슴으로 날아든 것만 어렴풋하게 기억이 났다.

"이런 개 같은 일이……."

그는 허탈한 웃음을 지으며 고개를 떨구었다.

"오, 맙소사!"

"만이슈 경!"

주위의 사람들이 모두 경악했다. 만이슈는 소드익스퍼트 중급의 기사. 그것도 상급을 바라보는 경지를 바라보는 기사가 이렇게 허무하게 죽는다는 것은 상상도 하지 못했다.

무기 가운데 간혹 석궁이 판금 갑옷 뚫을 수는 있어도 익스퍼트 초급만 되어도 석궁의 화살을 피할 수 있다.

"이, 이게 어떻게 된 것인가?"

안드로이 자작이 놀라 두 눈을 부릅뜨고 피를 흘리며 죽어가는 만이슈를 바라보았다.

"모두 영주님을 보호하라!"

제이콥 기사가 재빠르게 소리를 지르자 주변에 있던 기사들이 신속하게 움직이기 시작했다.

좌르르르.

기사가 안드로이 자작을 호위하고 그 앞에는 방패병이 막아섰다.

'음, 성능은 정말 좋구나!'

아만다는 자신이 처음으로 사람을 죽였지만 충격을 받지는 않았다.

오히려 피스톨의 능력에 감탄을 했다. 그녀는 어릴 때부터 무수히 많은 사람이 죽어가는 것을 전쟁을 직접 경험했기 때문이다.

"아가씨!"

올슨도 놀라 아만다를 바라보았다. 300여 명의 기마대에 포위되었을 때는 죽을 것이 확실하다고 생각했다.

그는 아만다만이라도 이곳을 탈출하기를 바랐다. 그런데 자신도 감당하지 못할 기사를 아주 간단하게 처리하는 것이 아닌가?

'저것도 연금술의 능력인가?

자신이 가지고 있는 화살도 엄청난 살상력을 가지고 있다. 그런데 아만다가 가지고 있는 작은 무기는 그 이상의 능력을 가진 것 같았다.

"올슨!"

"네, 아가씨."

"안드로이 자작을 향해 우리 그이가 준 화살을 발사하세요."

"넵."

올슨은 이전부터 화살을 활에 먹이고 있었다. 따라서 그가 원할 때 언제든지 시위만 당기면 되었다. 올슨은 온 힘을 다해 화살을 당겼다.

핑!

"막아라!"

화살이 날아오자 기사들이 소리를 질렀다. 방패병이 앞을 막아섰다.

퍼어어어엉!

화살이 방패에 맞았다. 그러나 방패에 튕겨져 나가야 할 화살은 오히려 폭발하였다.

"으악!"

"내 팔!"

"내 눈!"

"살려줘!"

병사가 방패로 올슨이 쏜 화살을 막았지만 그 위력마저 막아내지는 못하였다.

오열이 만든 화살 속에는 화약만 들어 있는 것이 아니라 에너지스톤까지 있어 에너지가 증폭되었기 때문이다.

해적선도 단 한 발에 침몰시킬 수 있는 막강한 화력을 가진 화살이다. 무지막지한 해마리안의 해적 장 마르코도 도망을 가게 만든 화살이다.

만약 안드로이 자작이 해적이 쳐들어왔을 때 전투에 임했다면 이렇게 무모하게 사건을 만들지 않았을 것이다.

불행하게도 그는 선실에 숨어 있느라 어떻게 해적들이 퇴패했는지를 목격하지 못했다.

화살을 막은 맨 앞에 있던 방패병은 물론 기사들까지 죽거나 부상을 입었다. 이는 마법사가 있어야 가능한 대단한 살상력이었다.

"헉, 이럴 수가 있나!"

"영주님을 보호하라!"

"아이고, 내 다리!"

기사들의 명령과 부상병의 신음이 섞여서 나왔다.

"기사들은 영주님을 보호하고 기마병들은 총공격하라!"

제이콥 기사의 명령에 기사들은 물론 기마병들이 전열을 정비하기 시작했다. 그 모습을 본 올슨이 재빨리 활 시위를 만졌다.

두두두두.

기마병이 전열을 가다듬고 전진하기 시작했다. 300여 명이나 되는 기마병의 기세는 가히 압권이었다.

"아가씨를 호위해!"

올슨이 기마병을 보고 소리를 질렀다. 반면 다비드는 이를 악물고 중얼거렸다.

"이 비열한 귀족 같으니라고!"

아만다는 상황이 점점 어려워지고 있는 것을 깨달았다.

올슨의 공격에 수십 명의 사상자가 생겼으나 적들의 공세가 조금도 수그러들지 않았기 때문이다.

'모두를 살릴 수는 없어.'

아만다는 오열에게 배에 있는 사람들을 구해달라고 부탁한 것을 후회했다. 그녀는 일이 이렇게 될 줄은 상상도 하지 못했다.

'그래도 많은 사람을 살릴 수는 있었어. 하지만 우리가 고용한 용병들의 목숨이 당장 위험해.'

아만다는 자신의 목숨이라고 해봤자 아바타이니 큰 미련

은 없었다. 그러기에 그녀는 용병들의 목숨을 구하고 싶은 마음이 간절했다.

'오열 님은 왜 오지 않을까?'

아만다는 이 순간은 오열의 부재가 너무 크게 느껴졌다. 오열이 여기에 있다면 이런 일은 아예 발생하지도 않았을 것이다.

'하아~ 은혜를 원한으로 갚는 사람이 있을 줄이야!'

아만다는 자신을 호위하는 용병들을 바라보며 자책하는 마음이 들었다. 고개를 돌려 옆을 바라보니 올슨이 이를 악물며 활 시위를 당기고 있었다.

두두두두.

기마병들의 공격이 시작되고 있었다.

피웅.

올슨이 쏜 화살이 맨 앞에서 공격하는 기마병을 노리고 날아갔다.

퍼어어어어어어엉.

화살이 날아가 기마병 앞에서 터졌다.

"크아악!"

"컥!"

수십 명의 기마병이 화염에 휩싸였다. 맹렬한 속도로 공격을 시도하던 기마대가 앞에서부터 무너지듯 쓰러졌다. 하지만 그것은 정말 한순간이었다.

"우회 돌파하라!"

주춤했던 기마대가 다시 전열을 가다듬기 시작했다. 기마대를 지휘하는 대장은 무척이나 노련한 기사였다.

앞의 기마대가 쓰러지자 즉각 명령을 내려 기마대가 우회를 하도록 만든 것이다.

'하아!'

아만다는 한숨을 내쉬었다. 안드로이 자작은 형편없는 귀족이지만 그의 부대는 그렇지 않았다. 군기가 엄정한 강군이었다.

아만다는 기마대의 대장을 조준하고 피스톨을 발사했다.

피웅.

퍽.

"크아악!"

대장을 맞추려고 했던 총알이 빗나가 그의 옆에 있던 기마병이 비명을 지르며 쓰러졌다.

안드로이 자작은 기사들의 호위를 받으며 정신없이 뒤로 물러나고 있었다. 상대가 네 명밖에 안 되었기에 방심한 것이 컸다.

'반드시 죽여야 해!'

안드로이 자작은 이를 악물었다. 건드려서는 안 되는 적을 건드렸다. 그렇다고 물러날 수도 없다. 죽이지 않으면 죽는 상황이 되었다.

"제이콥 경, 반드시 상대를 죽이시오!"

"충! 영주님, 반드시 적을 한 명도 남김없이 죽이겠습니다."

제이콥은 안드로이 자작이 안전한 거리까지 물러나자 반은 안드로이 자작을 호위하게 하고 남은 반을 이끌고 친히 돌격을 시도했다.

"아더스 경을 비롯하여 1조와 2조는 영주님을 호위하고 남은 기사들은 본관을 뒤를 따르라. 반드시 적을 죽여라!"

"영주님을 위하여!"

"영주님을 위하여!"

기사들이 이를 악물고 전투에 참여하기 시작했다.

"반드시 죽여라!"

"와아!"

기마대와 함께 기사들이 돌격하기 시작하자 아만다와 용병들은 어떻게 해볼 도리가 없게 되었다.

'뭐든 해야 해!'

아만다가 대책을 마련하려고 고민하는 사이에 올슨은 기마대를 향해 마지막 남은 화살을 쐈다.

펑!

"크악!"

"으악!"

다시 무수한 기병대원이 쓰러졌다.

"아가씨, 기사들에게 쏘십시오!"

올슨의 말에 아만다가 맨 앞에서 오러검을 빼 들고 돌격하는 기사를 향해 피스톨을 발사했다.

"컥!"

선두에 선 기사가 피를 뿜으며 쓰러졌다.

"아가씨, 오다프로스 강으로 가요."

미첼의 말에 아만다는 정신이 번쩍 들었다. 기마대의 기동력을 줄일 가장 좋은 생각이었다.

"제가 앞장을 서겠습니다."

올슨이 나섰다.

"아니에요. 제 갑옷은 기사들의 오러검도 어쩌지 못해요.. 저를 따라오세요."

아만다의 말에 올슨과 미첼, 다비드는 일제히 뒤로 물러서기 시작했다.

조금만 경험 있는 사람이라면 쉽게 생각할 수 있는 퇴로였지만 너무나 갑작스럽게 벌어진 사건이었고 일순간에 포위를 당했기에 벌어진 사태였다.

"뛰어요."

아만다가 선두에 섰다. 아만다가 앞에 서고 바로 뒤에는 미첼, 다비드, 마지막에 올슨이 후미를 담당했다.

기사들의 반격이 늦은 것은 안드로이 자작의 안전을 위해 기사단 전체가 퇴각한 후에 공격을 감행했기 때문이다.

기마대 역시 가속도를 높이기 위해 뒤로 잠시 물러났다가 공격을 시도했기 때문에 아직까지는 백병전이 벌어지지 않았다.

하지만 일행이 퇴로를 찾으며 후퇴를 하기 시작하자 가장 먼저 기사들이 들이닥쳤다.

"죽어라!"

기사의 검이 아만다의 어깨를 베었지만 아다티움 아머에 튕겨 나갔다. 그때를 놓치지 않고 아만다가 피스톨을 발사했다.

핑!

"컥!"

기사들이 가까이 다가올수록 피스톨은 정확도가 높아졌다.

"아가씨, 위험해요!"

기사 한 명이 둔기를 휘둘렀다. 오러가 통하지 않자 무기를 둔기로 바꾼 것. 벨 수 없으니 충격을 주겠다는 의도였다.

퍽!

둔기가 아만다의 머리를 강타했다. 잠시 휘청하기는 했지만 충격은 전혀 없었다. 아다티움 아머가 모조리 충격을 흡수한 것이다.

'됐어!'

아만다는 둔기 공격마저 아다티움 아머가 막아내자 자신

감이 생겼다.

"헉!"

올슨의 비명이 들리자 아만다는 뒤를 돌아보았다. 올슨의 팔에서 피가 흘러내리고 있었다. 기마대의 공격을 온전히 피하지 못한 것이다.

"더 가까이 붙어요!"

아만다는 소리를 힘껏 지르며 후방을 향해 피스톨을 난사했다.

핑. 핑. 핑.

수십 발의 총알이 기마병이 탄 말을 향했다.

"으악!"

기마병 몇 명이 말에서 떨어지거나 쓰러졌다. 기마대가 속도를 낼 수 없게 되자 말은 오히려 방해물이 되었다.

"아가씨!"

미첼이 날카롭게 부르짖었다.

퍽!

아만다가 한눈을 판 사이에 기사가 휘두른 둔기가 허리를 강타했다.

아만다가 충격을 이기지 못하고 옆으로 밀려났다. 그러자 그녀의 바로 뒤에 있던 미첼이 기사의 검에 바로 노출되었다.

기사의 검이 미첼의 머리를 향했다. 오러를 잔뜩 머금은 검은 미첼의 검을 자르고 그녀의 머리마저 잘랐다.

"악!"

미첼이 비명을 지르고 무너졌다. 그녀의 머리가 땅으로 굴러 떨어졌다.

"으하하하!"

미첼의 머리를 벤 기사가 웃음을 터뜨리며 검을 다비드의 어깨를 향했다.

아만다는 이를 악물고 부스터의 힘을 이용하여 기사의 검을 몸으로 막아냈다.

텅.

기사의 검이 튕겨져 나가자 아만다는 피스톨을 바로 사용했다.

핑.

"컥!"

웃음을 터뜨린 기사가 가슴에 피를 흘리며 쓰러졌다.

"저 무기를 먼저 빼앗아라!"

기사 중 하나가 소리를 질렀다.

"아, 미첼!"

아만다는 한탄을 터뜨리며 이를 악물었다.

"올슨, 다비드, 내 허리를 꽉 잡으세요."

"넵!"

올슨과 다비드는 이미 한 번의 경험이 있는지라 아만다가 의미하는 바가 무엇인지 알아차렸다.

미첼이 있을 때에는 세 명이라 에어부스터를 사용하기 곤란했으나 두 명까지는 어떻게 될 것 같았다.

"에어부스터 온!"

부스터가 맹렬하게 작동하면서 아만다의 몸이 허공으로 떠오르기 시작했다.

"막아!"

"놓치지 마라!"

기사들과 기마병들이 동시에 외쳤다. 하지만 에어부스터는 이미 작동하고 난 뒤였다.

"화살을 쏴라!"

기마대 중에서 활을 가진 병사들이 활을 쏘기 시작했다.

"윽!"

올슨이 둔탁한 신음을 토해냈다. 어깨와 배에 화살을 맞은 것이다.

"참아!"

다비드가 소리를 질렀다. 어깨에 화살을 맞은 올슨의 손에서 점점 힘이 빠지기 시작했다.

"올슨, 조금만 참아요. 안전한 곳에 도착하면 포션을 드릴게요."

"네, 아가씨."

아만다가 한 손으로 다비드를 껴안자 그 의도를 눈치챈 다비드가 힘이 떨어진 올슨을 껴안았다.

"이대로 놓칠 수 없어."

기사 하나가 자신이 가지고 있는 검을 위를 향해 힘껏 집어 던졌다.

"컥!"

올슨이 다시 둔탁한 비명을 토했다.

"정신 차리게!"

다비드가 소리를 질렀지만 올슨에게서는 아무런 소리도 들리지 않았다.

올슨은 기절을 해서 대답을 하지 못했다. 그동안 흘린 피와 다리를 관통한 검의 충격을 이기지 못한 것이다.

아만다는 초조한 마음을 뒤로하고 멀리 이동했다. 아만다는 에어부스터를 오열만큼 잘 조정하지 못한다. 그래서 이동하는 데 시간이 걸렸다.

산 중턱에 도착한 일행은 올슨을 평평한 바위 위에 눕혔다.

"아!"

아만다가 나지막하게 탄식을 토해냈고 다비드는 고개를 돌렸다. 올슨은 다리 한쪽이 잘려 나가 있었다.

"빨리!"

아만다가 마법 배낭에서 포션을 꺼내 다비드에게 주자 다비드가 신속하게 치료를 시작했다.

아만다는 포션을 아끼지 않고 올슨의 치료를 도왔다. 십여 분이 지났을까, 다비드가 치료를 멈췄다.

"아가씨, 이제 위험한 고비는 넘겼습니다."

다비드가 이마에 난 땀을 닦으며 말했다.

"다행이에요."

아만다는 고개를 끄덕이며 안도의 한숨을 내쉬었다.

'안드로이 자작, 당신을 가만두지 않겠어요!'

아만다는 이를 악물고는 다비드를 향해 입을 열었다.

"잠시 이곳에 있으세요. 다비드, 당신도 포션으로 치료를 하고요."

"네, 아가씨."

아만다가 다시 한 병의 포션을 꺼내 다비드에게 내어주자 그는 자신의 몸에 상처가 난 부위에 포션을 붓기 시작했다.

아만다는 주먹을 불끈 쥐고 왔던 방향으로 날아오르기 시작했다.

한 손에 쥔 피스톨에 힘을 주고는 복수를 다짐했다.

『영웅2300』 6권에 계속…

The Record of Dragon's Return

재중 귀환록

푸른 하늘 장편 소설
FUSION FANTASTIC STORY

『현중 귀환록』, 『바벨의 탑』의
푸른 하늘 신작!
이계를 평정한 위대한 영웅이 돌아왔다!

어느 날 갑자기 찾아온 부모님의 죽음.
그리고 여동생과의 생이별.
모든 것을 감당하기에 재중은 너무 어렸다.
삶에 지쳐 모든 것을 포기할 때, 이계에서 찾아온 유혹.

"여동생을 찾을 힘을 주겠어요.
…대신 나를 도와주세요."

자랑스러운 오빠가 되기 위해!
행복한 삶을 위해!

**위대한 영웅의
평범한(?) 현대 적응이 시작된다!**

Book Publishing CHUNGEORAM

유행이 아닌 자유추구 –
WWW.chungeoram.com

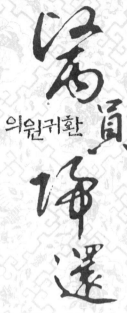

성상영 新무협 판타지 소설

滿員 偏選

의원귀환 FANTASTIC ORIENTAL HEROES

의원귀환

**서른다섯의 의무쌍수 장호,
열두 살 소년으로 돌아오다!**

황밀교의 음모를 분쇄하고자 동분서주하던
영웅들은 함정에 빠져 몰살의 위기에 처하고……
죽음 직전 마지막 비법을 위해 진기를 모은 순간,
번쩍하는 빛 뒤에 펼쳐진 곳은
23년 전의 세상.

세상의 위험으로부터 가족을 지키기 위한
의원(?) 장호의 고군분투기!

『더 게이머』의 성상영 작가가
선보이는 귀환 무협의 정수!

Book Publishing CHUNGEORAM

유행이 아닌 자유추구 -
WWW. chungeoram.com

김현우 퓨전 판타지 소설

레드 크로니클
Red Chronicle

『드림워커』, 『컴플리트 메이지』의 작가
김현우가 색다르게 선보이는 자신작!

『레드 크로니클』

백 년의 세월 검을 들고 검의 오의에
다가선 남자 티엘 로운.

모든 것을 베는 그가 마지막으로
검을 휘둘렀을 때
그를 찾아온 것은 갈라진 시공간,
그리고… 자신의 젊은 시절이었다!

"하암, 귀찮군."

검의 오의를 안 남자가 대륙을 바꾼다!
티엘 로운의 대륙 질풍기!

Book Publishing CHUNGEORAM

유행이 아닌 자유추구 ~
WWW.chungeoram.com

생텀

이영균 판타지 장편 소설

FUSION FANTASTIC STORY

취재 현장에서 맞닥뜨린 녹색 괴물.
그리고 무혁은 한 번 죽었다.

죽음에서 깨어난 무혁에게 다가온 것은
숨겨졌던 이세계, 생텀의 존재였다!

현대에 스며든 악신 투르칸의 잔인한 손길.
생텀에서 온 성녀 후보 로미와 도멜 남작을 도우며
무혁의 삶은 점차 비일상에 접어드는데……

이계와의 통로는 과연 우연인 것인가?
생텀(Sanctum)의
진정한 의미를 찾아라!

Book Publishing CHUNGEORAM

천산루

조돈형 新무협 판타지 소설

FANTASTIC ORIENTAL HEROES

『궁귀겸심』,『장강삼협』의 작가 조돈형
그가 그려내는 새로운 이야기!

무림삼비(武林三秘)
천외천(天外天), 산외산(山外山), 루외루(樓外樓).

일외출(一外出), 군림천하(君臨天下)!
이외출(二外出), 난세천하(亂世天下)!
삼외출(三外出), 혈풍천하(血風天下)!

가문의 숙원을 위해, 가문을 지키기 위해
진유검, 무림의 새로운 질서를 세우다!

Book Publishing CHUNGEORAM

절정고수들이 하늘 높은 줄 모르고 질주하는 현 세상.
서른여덟 개의 세력이 서로를 견제하는 혼돈의 시대.
그 일촉즉발의 무림 속에
첫 발을 디딘 어린 소년.
"나는 네가 점창의 별이 되기를 원한다."
사부와의 약속을 지키고
난세로 빠져드는 천하를 구하기 위해
작은 손이 검을 들었다!
박선우 新무협 판타지 소설
FANTASTIC ORIENTAL HE
풍운사일
Book Publishing CHUNGEORAM
유행이 아닌 자유추구 -
WWW.chungeoram.com